Martin Tretbar-Endres
Portugiesische Nelken

AF272805

Martin Tretbar-Endres wurde am 10. Juni 1959 in Kiel geboren. Die Idee zu den "Portugiesischen Nelken" trieb ihn schon lange um. Aber erst nach seinem Ausscheiden aus dem aktiven Berufsleben beim Land Schleswig-Holstein konnte er sie umsetzen. Seit 2023 lebt Martin Tretbar-Endres in Bernau bei Berlin und in Santa Luzia/Tavira an der Ostalgarve. Portugal ist für ihn zur zweiten Heimat geworden. Er beschäftigt sich seit Jahren intensiv mit der jüngeren Geschichte des kleinen Landes im äußersten Südwesten Europas.

Martin Tretbar-Endres

Portugiesische Nelken

Ein Fall für Paulo Carvalho

Kriminalroman

Bibliografische Information der Deutschen Nationalbibliothek:
Die Deutsche Nationalbibliothek verzeichnet diese Publikation in der Deutschen Nationalbibliografie; detaillierte bibliografische Daten sind im Internet über http://dnb.dnb.de abrufbar.

Verlag: BoD · Books on Demand GmbH, In de Tarpen 42, 22848 Norderstedt

Druck: Libri Plureos GmbH, Friedensallee 273, 22763 Hamburg

ISBN: 978-3-7597-6853-7

31. März 1974

Grândola, vila morena
Terra da fraternidade
O povo e quem mais ordena

Grândola, braungebrannte Stadt
Ort der Brüderlichkeit
Es ist das Volk, das bestimmt

1

„Hier geht morgen früh um halb sieben die Bombe hoch. Damit blockieren wir die Auffahrt zur Brücke und niemand kommt mehr nach Lissabon rein."

Bruno zeigte mit seinem Stift auf den Plan der Salazar-Brücke, der auf dem alten Küchentisch vor den drei Männern lag. Die Salazar-Brücke war die einzige Brücke, die in Lissabon über den Tejo führte. Sie ähnelte der Golden Gate Bridge in San Francisco. Seit der Einweihung vor acht Jahren trug sie den Namen des portugiesischen Diktators. Der hatte zwar 1968 einen Schlaganfall erlitten und war von Marcelo Caetano abgelöst worden. Die Brücke behielt aber ihren Namen. Auch an der Not der Bevölkerung in Portugal, der ständigen Angst vor Verhaftungen, den Gewalttaten der Geheimpolizei bis hin zum Mord und dem blutigen Kampf in den Kolonien änderte sich nichts.

Um besser sehen zu können, beugten sich Mario und Fernandez über den Tisch in Brunos kleiner Zweizimmerwohnung. Er wohnte schon seit langem in der Alfama, einem der ältesten Lissabonner Viertel.

„Bei diesem Funzellicht ist ja kaum etwas zu erkennen", maulte Mario.

„Das Licht muss reichen. Sonst merkt noch einer von meinen Nachbarn, dass wir uns mitten in der Nacht hier treffen. Es gibt genug Spitzel und Verräter, die für die Diktatur arbeiten. Wir müssen sehr vorsichtig sein. Man weiß nie, wem man vertrauen kann. Glaubt mir: Ich spreche aus Erfahrung."

Mario und Fernandez nickten. Bruno war mit seinen zweiundfünfzig Jahren nicht nur sehr viel älter als sie. Er kämpfte auch schon seit vielen Jahren gegen die Diktatur. Bis vor zwei Jahren war er Mitglied einer maoistischen Gruppierung gewesen, hatte diese aber nach heftigen Auseinandersetzungen über den richtigen Weg verlassen. Bruno gefiel deren Totalitarismus nicht. Er kämpfte für ein demokratisches Portugal.

„Ist ja schon gut", lenkte Mario mit gedämpfter Stimme ein und zeigte auf die Karte: "Wenn hier die Bombe ist, von wo zünde ich sie?"

„Und was ist, wenn gerade ein Auto vorbeifährt, wenn Mario die Bombe zündet? Wir wollen doch niemanden umbringen."

Fernandez hatte lange gezögert mitzumachen. Er befürchtete, dass Menschen zu Schaden kommen könnten. Das wollte er auf keinen Fall. Er war der einzige von den dreien, der eine Familie hatte. Am Ende steckte ihn die Begeisterung und der Tatendrang von Mario und Bruno aber doch an.

„Sei doch nicht so hasenfüßig, Kleiner", entfuhr es Mario, der mit seinen achtundzwanzig Jahren gerade mal ein Jahr älter war als Fernandez. „Da ist frühmorgens doch noch gar nicht viel los. Und ich werde die Bombe erst dann zünden, wenn kein Auto in der Nähe ist. Das hatten wir doch so besprochen."

Bruno setzte nach: „Fernandez, wenn du Bedenken hast, blasen wir alles ab. Wir müssen uns hundertprozentig aufeinander verlassen können. Du weißt, dass wir keine Toten wollen. Aber wir müssen ein Zeichen gegen das faschistische Regime setzen. Überall in Portugal nehmen doch die Proteste zu. Seit 1932 hat dieser Salazar unser Land regiert und die Reichen nur noch reicher gemacht. Und sein Nachfolger, dieser Caetano, ist genauso ein Verbrecher. Seit fast sechs Jahren hätte er die Kolonialkriege beenden können. Und was hat er gemacht? Nichts! Der denkt doch gar nicht daran, die Kolonien zu verlassen. 150.000 Portugiesen kämpfen in Mosambik, in Angola, in Guinea gegen die Freiheitsbewegungen und lassen dort ihr Leben. Ihr wart doch selber dort. Und wie sieht es bei uns in Portugal aus? Wir sind das Armenhaus Europas. Millionen von Escudos fließen in den Krieg und den Unterdrückungsapparat. Dafür sterben bei uns so viele Kinder wie nirgendwo sonst in Europa. Unsere Wirtschaft liegt am Boden. Fernandez, du hast doch selbst zwei kleine Kinder. Willst du nicht, dass die eine bessere Zukunft haben, in eine ordentliche Schule gehen und etwas lernen können?"

Mario fiel ihm ins Wort: „Und denk doch an unsere gemeinsame Zeit in Mosambik. Zwei Jahre dreckiger Krieg und jede Menge Tote auf unserer Seite und bei den Kämpfern der Befreiungsbewegung

Frelimo. Hast du unseren Schwur vergessen, dass das ein Ende haben muss? Sogar General Spínola hat doch gesagt, dass Portugal den Krieg in Afrika militärisch nicht gewinnen kann. Und der ist schließlich nicht irgendein linker Spinner, sondern stellvertretender Generalstabschef der portugiesischen Streitkräfte."

„Ja, ja. Ich habe das Buch von António de Spínola auch gelesen. Und ich kenne auch die „Movimento das Forças Armadas", die Bewegung der Streitkräfte. Junge Offiziere, die die Kolonialkriege beenden wollen. Ich will genauso wie ihr, dass das Sterben und die Unterdrückung aufhören. Und meine Kinder sollen es einmal besser haben als ihr Vater, der es nur dazu gebracht hat, die Eléctrico zu fahren."

"Straßenbahnfahrer ist doch ein ehrbarer Beruf", entgegnete Mario schon versöhnlicher. „Besser als Hafenarbeiter."

„Okay. Lasst uns weitermachen." Bruno deutete auf die Karte. „Hier sind die Versorgungswege, da können wir nach der Bombenexplosion ..."

Mario und Fernandez erstarrten. Das Licht der nackten Glühbirne über dem Tisch fing an zu flackern. Kurzzeitig erlosch es ganz und es war dunkel. Nach einigen Sekunden flammte die Birne wieder auf. Die beiden sahen Bruno fragend an.

„Keine Sorge. Das ist hier normal. Die Stromleitungen in der Alfama sind uralt und werden nicht erneuert. Auch dafür fehlt das Geld. Aber immerhin ist der Mond auf unserer Seite." Bruno zeigte auf das kleine Dachfenster. Der Mond war hinter den Wolken hervorgekommen und warf sein Licht durch das Fenster. „Also über diese Versorgungswege hauen wir ab. Die kennt kaum jemand, aber ich nutze die täglich bei meiner Brückeninspektion. Und dann setzen wir uns in Richtung der Christusstatue in Almada ab. Mario, bist du sicher, dass die Bombe funktioniert?"

„Claro!", antwortete der Mann, dessen Händen man ansehen konnte, dass er im Lissabonner Hafen Schiffe entlud. „Wenn ich etwas in den vier Jahren bei der Armee gelernt habe, dann ist das Bomben zu bauen. Ich kann sie auch....Fernandez, was hast du?" Mario sah in das entsetzte Gesicht des Straßenbahnfahrers.

"Seid mal still", flüsterte der. „Hört ihr das?"

Bruno und Mario lauschten und erstarrten.

„Scheiße", entfuhr es ihnen nahezu gleichzeitig. Jetzt hörten auch sie die Schritte unten im Treppenhaus. Kein Zweifel. Es mussten mehrere Personen sein, die die alte Holztreppe hinauf stürmten. Die Schritte hatten schon den ersten Stock erreicht. Das Donnern der schweren Stiefel musste jeden Bewohner in der Umgebung aus dem Schlaf reißen.

Bruno reagierte als Erster: „Macht das Licht aus! Packt die Karte ein und dann schnell: Hier durchs Fenster aufs Dach und dann verschwinden wir. Das ist unsere einzige Chance!"

Mario und Fernandez nickten voller Angst und stürzten zum Fenster. Bruno nahm die Karte der Salazar-Brücke und wollte das Licht ausmachen.

Zu spät. Die Eingangstür splitterte. Fünf uniformierte schwerbewaffnete Männer stürmten in die Wohnung. Sie hatten ihre Waffen gezückt. Sie warfen den Küchentisch um. Die halbvollen Gläser fielen herunter und zerbrachen auf dem Boden. Die Männer der gefürchteten Geheimpolizei stießen die drei Freunde brutal gegen die Wand. „Direção Geral de Segurança! Ihr seid verhaftet! Los umdrehen! Mit dem Rücken zur Wand!" Das Brüllen des Anführers donnerte durch den kleinen Raum.

Fernandez zitterte am ganzen Körper. Wollten die Männer sie an Ort und Stelle liquidieren?

„Liberdade!" hörte er Bruno rufen. Mario stimmte ein. Ihm selbst versagte die Stimme.

Einer der Uniformierten riss Bruno die Karte aus der Hand. „Was haben wir denn da? Was habt ihr vor?" Er drückte seinen Gewehrlauf gegen Brunos Brust. „Ihr wollt nicht reden? Wartet mal ab, wir werden euch schon zum Reden bringen!"

Der Anführer der fünf Geheimpolizisten schlug Bruno so heftig ins Gesicht, dass dieser aus der Nase blutete und seine Brille zu Boden fiel. Fernandez wollte sie aufheben, doch der große kräftige Mann stieß ihn weg und zertrat die Brille mit seinen Armeestiefeln. Er grinste hämisch: „So alter Mann, jetzt kannst du keine Karten mehr lesen, blind wie du bist." Seinen Untergebenen befahl er: „Fesselt diese Dreckskerle! Und dann bringen wir sie in das Forte de Caxias! Dort werden sie die Wahrheit schon ausspucken!".

Die Fesseln schnitten tief in die Arme von Bruno, Mario und Fernandez. Die fünf Geheimpolizisten stießen sie aus der Wohnung und drängten sie die Treppe hinunter. Vor dem Haus stand ein grauer Transporter. Die Geheimpolizisten stießen Bruno, Mario und Fernandez hinein und kletterten danach selbst in den Wagen. Erst nach einigen vergeblichen Versuchen startete der Motor des Transporters. Durch die dunkle Nacht rasten sie durch das Gassengewirr der Alfama ihrem etwa 20 Kilometer entfernten Ziel entgegen: dem Forte de Caxias, dem berüchtigten Gefängnis der portugiesischen Geheimpolizei in Oeiras, westlich von Lissabon.

3. März 2019

2

Zufrieden blickte Afonso Rodrigues in den Spiegel. Ihm gefiel was er sah. Einen stattlichen, attraktiven Mann. Einsneunzig groß und durchtrainiert. Ein faltenfreies gut gebräuntes Gesicht. Nur der kleine Bauchansatz störte ihn etwas.

„Meine Vorliebe für gutes und üppiges Essen hat doch ihren Preis. Und das eine oder andere Sagres oder Glas Vinho Tinto aus dem Alentejo weniger wäre vielleicht auch ganz hilfreich für die Figur", dachte der Achtundsechzigjährige, als er sein Spiegelbild kritischer musterte. „Ach Scheiß drauf! In meinem Alter darf ich mir das erlauben", verscheuchte er rasch die aufkommenden Gedanken an Verzicht. Der kleine Bauch gehörte zu ihm wie die fehlenden Haare auf dem Kopf. Er erinnerte sich gar nicht mehr daran, wann die Letzten ausgefallen waren. Es musste schon ein paar Jahre her sein. Begonnen hatte der Haarausfall 2008. Da hatte er das Immobiliengeschäft seines Schwiegervaters an der Ostalgarve übernommen.

Rodrigues strich sich selbstverliebt über seine Glatze und grinste. Dass kahlköpfige Männer eine erotische Ausstrahlung auf Frauen haben, konnte er nur bestätigen. Zwar ließ die Wirkung auf seine Frau Leticia, mit der er seit nunmehr dreißig Jahren verheiratet war, etwas nach. Aber es gab ja genügend andere, vor allem jüngere Portugiesinnen, die einem sexuellen Abenteuer mit einem erfolgreichen Immobilienmakler nicht abgeneigt waren. Garciana, Tereza, Luiza, Carla oder Vitoria: Klasse Frauen, mit denen er viel Spaß hatte.

„Ich kann wirklich zufrieden mit mir und meinem Leben sein. Vor allem wenn man bedenkt, wo ich herkomme", resümierte Rodrigues für sich selbst. „Ich habe ein tolles großes Haus mit Garten in einer phantastischen Lage zwischen Santa Luzia und der Ferienanlage Pedras d´el Rei - mit einem wunderschönen Blick auf die Marschlandschaft des Naturparks Ria Formosa. Zum Strand Praia do Barill ist es auch nicht weit."

Rodrigues hatte allerdings kein besonderes Interesse am Strand und am Schwimmen. Außer wenn er am FKK-Abschnitt mit einer seiner gerade aktuellen Geliebten alle Hüllen fallen lassen konnte. Sonst liebte er eher das Angeln, das auch vom Strand aus gut möglich war. Allerdings war er dazu in der letzten Zeit nicht mehr gekommen.

„Überall brennt es!" Seine Stimmung verschlechterte sich, als ihm die Probleme durch den Kopf gingen, die sich in den letzten Wochen und Tagen gehäuft hatten. Und das sowohl beruflich als auch privat. Angefangen damit, dass das Projekt einer neuen Ferienanlage auf dem Gelände der Salzgewinnungsfirma Tavisal zwischen Santa Luzia und Tavira stockte. Es gab heftigen Widerstand von Umweltschützern sowie Bürgerinnen und Bürgern aus der Umgebung dagegen. In seinen Augen alles Kleingeister, die nicht begriffen, dass die gesamte Region enorme wirtschaftliche Vorteile aus dem Projekt ziehen könnte.

„Die sollen doch mal an die Westalgarve schauen. Dort legt der Tourismus von Jahr zu Jahr zu, schafft Arbeitsplätze und damit Wohlstand in unserem immer noch armen Land."

Und dann noch die Politiker, die letztlich den Bebauungsplan genehmigen mussten. Seine Auftraggeber aus Lissabon waren zwar bereit, sich die Zustimmung etwas kosten zu lassen. Aber auch für sie gab es eine Grenze. Das hatten sie ihm erst vor kurzem deutlich zu verstehen gegeben. Ein Scheitern des Projektes wäre sehr ärgerlich, denn auch für ihn lag eine Menge Geld im Topf. Und dann gab es noch andere Immobilienprojekte, bei denen es mehr oder weniger Ärger gab.

Und jetzt kam auch noch die Sache mit Vitoria hinzu. Mit der Neununddreißigjährigen aus Cabanas hatte er seit gut einem Jahr eine heiße Affäre. „Der Sex mit der kleinen süßen Schwarzhaarigen war echt klasse. Und dann will sie das alles Knall auf Fall beenden? Angeblich, weil sie ihren Mann und ihre Familie nicht verlieren will."

So etwas ließ sich Rodrigues nicht bieten. Er bestimmte, wo es langgeht – im Beruf und im Privatleben. Und das hieß auch, dass er bestimmte, wann es zu Ende ist.

Rodrigues Blutdruck stieg, als er an die Nacht vor drei Tagen zurückdachte. Die Trennung hätte er schon akzeptiert. Er hätte schon eine neue gefunden. Frauen gab es ja genug. Aber dass Vitoria nicht noch einmal mit ihm schlafen wollte, brachte ihn in Rage. Schließlich hatte es auch ihr immer Spaß gemacht. Der Gipfel war jedoch, dass diese Vitoria am Sonnabend bei seiner Frau auftauchte und ihn beschuldigte, sie vergewaltigt zu haben. Der sich anschließende Streit mit Leticia stellte alles in den Schatten, was er bisher mit ihr erlebt hatte. Sie hatte ihm sogar mit Scheidung gedroht und war zu ihrer Freundin nach Olhão gefahren.

„Sie wird sich schon wieder beruhigen", war Rodrigues überzeugt. „Und Vitoria wird aus Angst um ihren Ruf und aus Angst, ihre Familie zu verlieren, schweigen. Ansonsten werde ich sie schon zum Schweigen bringen. Ein paar Euro werden bei der Kleinen Wunder wirken."

Doch das war noch lange nicht alles. Die Begegnung mit dem alten Mann vor vier Tagen ging ihm nicht aus dem Kopf. Und dann gab es noch diesen Kleinkriminellen, der ihn schon seit Jahren erpresste. Der wurde immer unverschämter.

„Diesem Kerl werde ich heute Nacht ein für alle Mal klarmachen, was es heißt, sich mit Afonso Rodrigues anzulegen. Dem lege ich sein dreckiges Handwerk." Rodrigues grinste.

Er schaute auf seine Rolex. Noch fünf Minuten bis Mitternacht. „Auf gehts – es wird Zeit." Er hatte sich um ein Uhr an den Salzsalinen mit dem Typen verabredet, wollte aber rechtzeitig da sein, um noch einmal die Umgebung in aller Ruhe zu checken.

Außerdem wollte er unbedingt als erster vor Ort sein. Rodrigues zog rasch noch sein braunes, etwas verwaschenes Jackett über das beige Poloshirt und steckte eines seiner Anglermesser in die linke Innentasche. In die rechte stopfte er seine Geldbörse. Dann verließ er das Haus. Nahezu lautlos überquerte er die Auffahrt, setzte sich in seinen weißen BMW, einen 420d-Coupé und warf erneut einen Blick auf seine Uhr. Es war 0.05 Uhr. Der neue Tag hatte begonnen. Afonso Rodrigues startete den Motor seines Wagens und fuhr los.

4. März 2019 - Vormittags

3

Paulo Carvalho trank gerade seine morgendliche Bica. Er hatte zwei Löffel Zucker hineingerührt. *„Beba Isto Com Açúcar* - Trink dies mit Zucker!" Nur so war die portugiesische Espressovariation genießbar. Hungrig biss er in sein Croissant.

Sein Smartphone vibrierte. Der Kommissar der Polícia Judiciária erkannte die Nummer im Display und seufzte. Seinen freien Montag konnte er wohl vergessen. Dabei hatte er sich sehr auf sein verlängertes Wochenende gefreut. Der Beginn am Sonnabend war auch ganz nach seinem Geschmack verlaufen. Sein Lieblingsverein Benfica Lissabon hatte in einem dramatischen Spiel den großen Konkurrenten FC Porto mit zwei zu eins geschlagen. Und das auch noch in Porto, im Estádio do Dragão, dem Drachenstadion.

Paulo hatte die aufregenden 90 Minuten im Casa do Benfica in Tavira zusammen mit vielen weiteren Benfica-Anhängern auf einer großen Leinwand gesehen. Alle waren sich freudetrunken einig: In diesem Jahr könnte es wieder mit der Meisterschaft für Benfica klappen, nachdem letztes Jahr der verhasste FC Porto vorne gelegen war. Auf den Sieg gegen Porto und die Meisterschaftsperspektive war so manches Sagres geflossen.

Sonntag war dann sein Putztag. Wie immer, wenn es ans Saubermachen ging, stellte Paulo fest, dass das Haus mit seinen vier Zimmern und dem großen Garten viel zu groß für ihn alleine war. Und wie immer dachte er dann darüber nach, es endlich zu verkaufen und sich eine kleine möglichst direkt in Tavira gelegene Wohnung zu suchen. Nicht nur, dass er es dann näher zur Arbeit hätte. Vor allem die Einkaufs- und Freizeitmöglichkeiten mit Restaurants und Sporteinrichtungen waren in der 12.000-Einwohner-Stadt erheblich besser als in Luz de Tavira, wo weniger als tausend Menschen lebten.

Paulos Haus lag kurz vor dem Ortseingang an der kleinen Straße nach Sinagoga, die von der N 125 abzweigte. Zur Polizeistation von Tavira brauchte er mit dem Auto etwa fünfzehn Minuten. Wenn Paulo an seine in wenigen Jahren bevorstehende Pensionierung dachte, war er sicher: Tavira wäre der bessere Wohnort.

Seine zweite Frau Teresa und er hatten das Haus kurz nach ihrer Hochzeit gekauft - vor 25 Jahren. Als sie sich damals gemeinsam das leerstehende Haus angesehen hatten, malten sie sich aus, wie Kinderstimmen und Kinderlachen durch die Räume schallen würden. Den Garten wollte Paulo zu einem Spielplatz umgestalten, auf der Terrasse war genug Platz für eine große Sandkiste. Doch nichts davon erfüllte sich. Die Ehe mit Teresa blieb kinderlos. Und nach sieben Jahren war sie plötzlich verschwunden, ohne Abschiedsbrief, ohne Erklärung.

Paulos Suche nach Teresa und nach möglichen Gründen für ihr Verschwinden blieb ohne Erfolg. Bei der Kriminalpolizei hatte er immer alle Fälle gelöst, hier scheiterte er. Nur schrittweise arbeitete er sich aus dem tiefen Loch, in das er gefallen war, wieder heraus.

Als Zeitvertreib neben der Arbeit und dem Fußball stürzte Paulo sich auf sein altes Hobby, das er jahrelang vernachlässigt hatte: das Züchten von Nelken. In Gelb-, Rosa-, Pink-, Weiß- oder Rottönen blühte es nun in seinem Garten. Sogar Preise hatte er mit seinen Nelken gewonnen.

Heute wollte er nun den Boden im Garten für die bevorstehende Aussaat vorbereiten. Am Nachmittag stand dann ein Besuch bei seinen Eltern im knapp fünfzig Kilometer entfernten Cachopo auf dem Programm. Sie verbrachten ihren Lebensabend in dem kleinen Dorf in der Serra do Caleirão, im hügeligen Hinterland der Algarve. Dort war er vor neunundfünfzig Jahren auch geboren worden. Paulo kümmerte sich um seine alten Eltern. Zwar hatte er noch einen drei Jahre jüngeren Bruder. Der war aber 2002 auf der Suche nach Arbeit nach Deutschland ausgewandert.

Paulo trank seine Bica aus und nahm den Anruf entgegen.

„Estou, hallo, Paulo hier."

„Glückwunsch zum Sieg am Sonnabend."

Paulo erkannte die Stimme von Ricardo Alves. Der knapp dreißigjährige Subkommissar gehörte neben Isabel Gomes, der zweiundzwanzigjährigen Kommissaranwärterin, zu seinem Ermittlungsteam. Es war kein Geheimnis, dass Ricardo Paulo nach seiner Pensionierung beerben wollte.

„Obrigado – Danke. Schon gut, was gibt es?"

Paulo wusste, dass der Glückwunsch nur eine Höflichkeitsgeste von Ricardo war. Denn der kam aus Porto und die Rivalität zwischen den beiden größten Städten des Landes war groß. Das galt erst recht für die Fußballvereine Benfica Lissabon und FC Porto.

„Es tut mir leid, dass ich dich an deinem freien Tag stören muss, Paulo. Aber mich haben gerade zwei Arbeiter der Firma Tavisal angerufen. Sie haben bei den Salinen in der Nähe von Santa Luzia eine Leiche entdeckt - unterhalb der Böschung kurz vor dem Eingangstor. Die Arbeiter sagten, es sei ein älterer Mann, mehr wussten sie auch nicht. Die beiden standen ziemlich unter Schock."

„Wo bist du? Zu Hause oder im Büro?"

„Ich bin gerade ins Büro gekommen, als die beiden angerufen haben. Isabel ist auch schon da."

„Gut. Dann fahre bitte mit Isabel sofort zum Fundort und sage Fabiana Bescheid. Die soll sich die Leiche auch gleich mit ansehen."

„Ist bereits geschehen. Fabiana ist schon unterwegs."

„Gut, danke. Ich bin in etwa zwanzig Minuten da."

Paulo beendete das Gespräch und seufzte erneut: Es gab Zeiten, da freute er sich auf seine Pensionierung, auch wenn er nicht so recht wusste, was er dann machen sollte. Immerhin würde er dann mehr Zeit für seine geliebten Nelken haben.

4

Eine gute viertel Stunde später bog Paulo mit seinem zehn Jahre alten Renault kurz hinter Santa Luzia von der asphaltierten Straße rechts in die Sandpiste ein, die zum Gelände der Firma Tavisal führte. Geradeaus hätte er in etwa zwei Kilometern das Polizeirevier in Tavira erreicht. Dort hatten er und sein Team ihre Büros. Nach einer scharfen Linkskurve und einer Rechtskurve passierte er die Salzgewinnungsbecken rechts und links neben der Sandpiste. In gut fünfhundert Metern Entfernung glitzerten zwei weiße Salzberge in der Morgensonne. Der Himmel war strahlend blau. Mit etwa sechzehn Grad war die Temperatur für Anfang März und die frühe Morgenstunde schon ganz angenehm. Etwas irritierte Paulo beim Anblick der neben den Salzbergen liegenden großen Halle. Er konnte aber nicht sagen was. Die Sonne blendete ihn.

Paulo parkte seinen metallic-blauen Wagen hinter dem neuen Honda Civic von Ricardo und dem alten VW-Golf von Fabiana Gomes. Er quälte sich aus seinem Wagen. Der Fahrersitz war schon sehr durchgesessen. Der Kommissar hatte schon häufiger über den Kauf eines neuen Wagens nachgedacht, dies aber immer wieder verworfen. Er hing an dem Renault und den Erinnerungen, die er damit verband.

Paulo legte die wenigen Meter zum Firmengelände von „Tavisal" rasch zurück. „Zutritt verboten!" verkündete ein Schild an dem rostigen Eingangstor. Neben dem Firmenschild wurde darauf hingewiesen, dass das Gelände videoüberwacht ist.

„Bom dia!", begrüßte Isabel Gomes ihren Chef.

„Ein guter Tag ist das nicht gerade", grummelte Paulo. „Tudo bem - Schon gut", ergänzte er rasch, als er Isabels erstauntes Gesicht sah. Er mochte die Zweiundzwanzigjährige sehr. Sie war seit gut einem halben Jahr in seinem Team, hatte eine schnelle Auffassungsgabe, war wissbegierig, klug und wusste sich zu behaupten. Das hatte nicht zuletzt Ricardo erfahren müssen. Mehr als einmal hatte die schwarzhaarige hübsche Isabel ihn charmant aber bestimmt abblitzen lassen, als er sich in den ersten Wochen an sie heranmachen wollte.

„Wo ist denn der Tote?" Paulo blickte sich suchend um.

„Hier gleich rechts vom Eingangstor. Er liegt unterhalb der Böschung. Und wir wissen auch schon, wer der Tote ist."

Isabel machte eine kurze Pause, bevor sie das Geheimnis lüftete: „Es ist ... Afonso Rodrigues - ohne Zweifel! Wir haben zwar keine persönlichen Dinge wie Ausweispapiere oder Kreditkarten bei ihm gefunden, aber er ist..., ich meine, er war ja häufig in der Zeitung zu sehen."

Paulo zog seine dunklen Augenbrauen hoch. Der Immobilienmakler und Projektentwickler war eine an der ganzen Ostalgarve bekannte Persönlichkeit. Was man so hörte, war er ein ziemlich gerissener Geschäftsmann und dem weiblichen Geschlecht nicht abgeneigt. Paulo war sofort klar, dass es wahrscheinlich viele Menschen gab, die über seinen Tod nicht unglücklich waren und einige davon hatten sicherlich sogar ein Mordmotiv. Und dann war das natürlich ein tolles Thema für die Presse. Er sah schon die Schlagzeile der regionalen Zeitung Tavira de Manhã: „Toter Immobilienmakler: Polizei tappt im Dunkeln!"

Paulo und Isabel kletterten die zwei Meter hohe Böschung zum Fundort hinab.

„Bom dia!" Paulo begrüßte Ricardo und Fabiana, die Mutter von Isabel. Fabiana war Rechtsmedizinerin bei der Polícia Judiciária in Faro und damit fiel die Leiche in ihren Zuständigkeitsbereich. Die Neunundvierzigjährige lebte zusammen mit ihrem Mann, Isabel und dem zwei Jahre jüngeren Bruder in einem alten Fischerhäuschen in Santa Luzia. Paulo sah sie an. Es versetzte ihm immer noch einen kleinen Stich, wenn er sie sah, auch wenn die Affäre mit ihr schon lange zurücklag. Er fand sie immer noch sehr attraktiv mit ihren langen braunen Haaren und dem schlanken markanten Gesicht.

Er wendete seinen Blick von ihr ab und betrachtete den Toten. Isabel hatte Recht: Afonso

Rodrigues würde keine Immobilien mehr verkaufen und keine Projekte mehr entwickeln.

„Was wissen wir schon?"

Ricardo deutete nach oben auf zwei Männer, die in der Nähe des Eingangstors standen und sich gerade eine Zigarette anzündeten. Sie wirkten immer noch geschockt.

„Die zwei Arbeiter hier haben ihn heute gegen neun Uhr gefunden, als sie die Salinen inspiziert haben. Die werden jetzt ja für die beginnende Salzgewinnung vorbereitet. In den nächsten Wochen wird nach und nach das Meerwasser zum Verdunsten eingeleitet. Und im Herbst wird das Salz...."

Paulo unterbrach ungeduldig seinen Mitarbeiter: „Danke Ricardo, jedes Kind an der Algarve weiß, wie Meersalz gewonnen wird. Bitte komm auf den Punkt."

Ricardo tat so, als habe er den Unmut seines Chefs gar nicht bemerkt oder er hatte ihn tatsächlich nicht bemerkt. „Ich habe die beiden schon befragt. Sie haben mich gleich angerufen, nachdem sie Rodrigues gefunden haben. Sie sind die Böschung runter, haben keinen Atem mehr gehört und den Blutfleck auf seinem Poloshirt gesehen. Sie haben mir versichert, dass sie nichts berührt haben. Rodrigues ist wohl an einem Messerstich in den oberen Bauchbereich verblutet....."

„Die Einschätzung der Todesursache sollten wir lieber der Expertin überlassen", unterbrach Paulo ihn erneut. Ricardo war sehr von seinen

Fähigkeiten überzeugt und ließ alle gerne an seiner Klugheit teilhaben.

Paulo hatte ein zwiespältiges Verhältnis zu ihm. Einerseits verfügte Ricardo über eine schnelle Aufassungsgabe: Er hatte bei sich festlaufenden Ermittlungen schon häufiger Ideen eingebracht, die dann aus der Sackgasse herausführten. Andererseits scheute er die mühevolle und kleinteilige Ermittlungsarbeit und versuchte immer wieder diese auf Isabel abzuschieben. Da Ricardo aus Porto kam, hielt er die Algarve generell für etwas rückständig. Das konnte man seiner Meinung nach ja bereits beim Fußball sehen. Portimonense war der einzige Verein der Algarve, der in der ersten Liga spielte und dort meistens gegen den Abstieg kämpfte. Der SC Farense aus Faro war schon 2002 in die Segunda Liga abgestiegen.

Ganz im Gegensatz zu Paulo legte Ricardo großen Wert auf sein Äußeres. Mit seiner immer gutsitzenden Kurzhaarfrisur, dem Dreitagebart und den hellen braunen Augen war er ein Blickfang, nicht nur für viele portugiesische Frauen - sondern auch für so manche Touristin. Sein gut durchtrainierter Körper tat ein Übriges. Er war immer modisch gekleidet, auch im Dienst. Nicht immer war das allerdings praktisch. Paulo blickte auf Ricardos teure schwarze Santoni-Schuhe. Die bedurften nach dem ganzen Staub heute sicherlich einer Sonderbehandlung nach Feierabend.

Fabiana deutete auf den toten Afonso Rodrigues. Sein Kopf lag am Rand des kleinen Wasserkanals und seine Beine waren noch halb im Wasser.

„Entweder er ist hier unten getötet worden oder er ist die Böschung heruntergerutscht. Natürlich könnten ihn dort auch der oder die Täter hingelegt haben. Seht Ihr den größeren Blutfleck auf seinem Poloshirt auf der rechten Seite im unteren Brustbereich? Ich habe mir einmal die Einstichwunde etwas genauer angeschaut. Vermutlich ist Rodrigues daran gestorben. Allerdings möglicherweise nicht sofort. Die Leichenstarre ist schon fast vollständig ausgeprägt. Das heißt, er ist schon seit mindestens sechs bis acht Stunden tot. Er könnte so zwischen Mitternacht und drei Uhr morgens umgebracht worden sein."

„Oder auch früher", warf Ricardo ein.

„Theoretisch schon. Aber wenn ich mir so den Zustand der Leiche anschaue, glaube ich das eher nicht. Aber natürlich muss ich das alles noch genauer untersuchen. Dann kann ich den Todeszeitpunkt etwas besser eingrenzen", entgegnete Fabiana.

Sie sah Paulo an. Er war nicht gerade eine Schönheit von Mann, mit seiner eher kleinen Statur, dem Bauchansatz und der beginnenden Halbglatze. Was sie aber an ihm mochte, war seine Warmherzigkeit und seine Verletzlichkeit. So war es vor etlichen Jahren auch zu der Affäre zwischen ihnen gekommen, als seine Frau plötzlich verschwunden und Paulo am Boden zerstört war. Sie hatte es dann nach einem halben Jahr beendet, weil sie ihren Mann und ihre Kinder sehr liebte. Aber immer noch fühlte sie sich zu ihm hingezogen.

„Gibt es Spuren? Haben wir eine Tatwaffe? Habt ihr das Unternehmen schon informiert? Was ist mit der Videoüberwachung?"

Die präzisen Fragen von Paulo rissen Fabiana aus ihren Gedanken, auch wenn diese sich eher an ihre Tochter Isabel und Ricardo richteten. Zum Ärger von Ricardo reagierte Isabel als erste: „Der Geschäftsführer von Tavisal Simão Mendes weiß Bescheid und ist bereits unterwegs. Schleifspuren haben wir nicht entdeckt, aber schau mal, wie das Gebüsch am Straßenrand niedergedrückt ist."

Alle vier kletterten die Böschung wieder hinauf.

Isabel fuhr fort: „Da könnte ein Kampf stattgefunden haben. Die Aufzeichnungen der Videokameras werden wir uns noch besorgen, aber ich glaube, dass die den Bereich außerhalb des eingezäunten Geländes leider nicht abdecken. Ein Messer haben wir bisher noch nicht gefunden. Aber das Gelände ist ja sehr groß und wir haben bisher auch noch nicht intensiv suchen können und......"

„Wir haben aber etwas anderes gefunden", fiel Ricardo ihr ins Wort, der mit verkniffener Miene zugehört hatte.

Er wies in die Richtung der asphaltierten Straße, von der sie alle gekommen waren. Im Hintergrund waren die Silhouetten der Berge des Algarve-Hinterlandes zu erkennen.

„Paulo, als du gerade gekommen bist, ist dir doch bestimmt die Abzweigung in der zweiten Kurve aufgefallen. Das ist eine Nebenstraße, die nach Tavira führt. Nach etwa zweihundert Metern haben wir einen BMW 420d Coupé entdeckt - tolles und nicht ganz preiswertes Modell. Ich könnte mir vorstellen, dass der Afonso Rodrigues gehört."

„Überprüft das bitte schnell", entgegnete Paulo. „Und dann untersucht den Wagen sorgfältig nach Spuren und Fingerabdrücken. Es könnte ja sein, dass der Mörder oder die Mörderin sich im BMW mit Rodrigues getroffen hat. Sperrt bitte das Gebiet weiträumig ab. Wir müssen nach weiteren Spuren suchen. Vielleicht finden wir ja auch die Tatwaffe. Und wir müssen die unmittelbare Umgebung des Fundortes der Leiche intensiv absuchen. Es sieht ja wirklich danach aus, dass hier ein Kampf zwischen zwei oder mehreren Personen stattgefunden hat. Ich glaube, dass der Fundort der Tatort war. Rodrigues wog doch bestimmt um die neunzig Kilo und Schleifspuren sind nicht zu sehen."

„Aber ausgeschlossen ist es nicht, dass jemand Kräftiges oder mehrere Personen ihn in ein Auto gepackt und die Böschung hinuntergeworfen haben."

„Stimmt, Ricardo."

„Vielleicht war es ja ein Raubmord. Wir haben kein Portemonnaie bei der Leiche gefunden", spekulierte Ricardo.

„Glaube ich nicht. Seine teure Rolex-Uhr war noch an seinem Handgelenk", widersprach Isabel.

„Hmh, ja." Paulo schien nicht richtig zuzuhören.

„Was ist das?" Er zeigte auf die große Halle auf dem Gelände. Jetzt erkannte er die zwei Transparente, die dort offensichtlich nicht hingehörten. Seine Augen waren nicht mehr die besten. Den fälligen Besuch beim Augenarzt verschob er aber immer wieder. Dennoch konnte er die Schriftzüge auf den Transparenten so gerade noch entziffern: *„Nein zur Umweltzerstörung! Nein zur Ferienanlage!"* stand auf dem einem. *„Hände weg vom Naturpark Ria Formosa!"* auf dem anderen.

„Habt ihr das gesehen?", wollte Paulo gerade Isabel und Ricardo fragen, als ein Nissan Qashqai in hohem Tempo heranbrauste. Kurz vor ihnen kam er zum Stehen. Ein drahtiger Mann sprang aus dem Wagen.

„Bom dia, hier gibt es einen Toten?"

„Bom dia, Herr Mendes, nehme ich an?", entgegnete Paulo, ohne auf die Frage des fünfunddreißigjährigen einzugehen, dessen Kleidung, ein maßgeschneiderter, eleganter hellgrauer Anzug, schon den dynamischen Geschäftsmann verriet.

„Sim, ja, das bin ich. Aber noch einmal: Was ist hier passiert? Wer ist der Tote? Ist er ermordet worden? Haben Sie schon den Mörder?"

„Eins nach dem anderen. Der Tote ist Afonso Rodrigues. Sagt ihnen der Name etwas?"

„Wer kennt diesen Namen hier in der Gegend denn nicht? Natürlich kenne ich ihn. Wir hatten geschäftlich miteinander zu tun. Wo haben sie ihn denn gefunden?"

Die Gesprächstaktik von Simão Mendes, auf Fragen immer mit Rückfragen zu reagieren, gefiel Paulo nicht. Dennoch erläuterte er Mendes, wo sie Rodrigues gefunden hatten und woran er nach jetzigem Erkenntnisstand gestorben war. Mendes nahm dies emotionslos zur Kenntnis. Dann bequemte er sich dazu, die Frage von Paulo nach den geschäftlichen Beziehungen zu beantworten.

„Haben sie davon noch nichts gehört? Es geht um die Weiterentwicklung von Tavisal und große Chancen für die Region. Mehr möchte ich jetzt nicht dazu sagen. Sie verstehen sicherlich: Geschäftsgeheimnis."

Chancen für die Region? Das war eine schöne Umschreibung dafür, dass Simão Mendes im Auftrag des Besitzers die traditionelle Salzgewinnung in Santa Luzia beenden und das Gelände für eine große Ferienanlage zu einem äußerst guten Preis verkaufen sollte. Das war wirklich jedem an der Algarve bekannt. Und Rodrigues sollte den Deal im Auftrag von „O Turismo", einem großen Lissabonner Tourismuskonzern managen.

Allerdings lag das Gelände im Naturpark Ria Formosa, ein Gebiet, das sich etwa sechzig Kilometer entlang der Küste von der Ilha de Faro bis zum wunderschönen Strand von Manta Rota erstreckte. Die Ria Formosa war eines der wichtigsten Gebiete für Wasser- und Wattvögel in Portugal. Sogar Flamingos konnte man beobachten, auch in den Salinen von Tavisal. So leicht würde es also keine Genehmigung für eine Bebauung geben.

„Gab es denn Probleme in ihren Geschäftsbeziehungen und bei den großen Chancen für die Region?", mischte sich jetzt Ricardo ein.

„Was meinen sie denn? Bei größeren Vorhaben gibt es doch immer Gegner. Aber mit Herrn Rodrigues waren die Verhandlungen immer fair. Sein Tod ist ein schwerer Rückschlag für das ganze Projekt. Vielleicht wurde er ja deshalb umgebracht.... Und schauen sie mal da!" Mendes hatte die Transparente entdeckt. Diese Umweltschützer schrecken scheinbar vor nichts zurück."

Ohne auf die Bemerkung von Mendes einzugehen, fragte Paulo: „Haben sie eine Idee, was Afonso Rodrigues nachts auf ihrem Gelände wollte? Das Gelände wird doch videoüberwacht. Könnten wir die Aufnahmen von der letzten Nacht bekommen? Da müssten dann ja auch die Personen zu sehen sein, die die Transparente aufgehängt haben."

Erneut kam die Gegenfrage von dem Geschäftsführer.

„Woher soll ich denn wissen, was Herr Rodrigues mitten in der Nacht hier zu suchen hatte? Unsere Verhandlungen fanden immer zu normalen Geschäftszeiten und an etwas komfortableren Orten statt, wenn sie verstehen, was ich meine. Die Videoaufnahmen kann ich Ihnen natürlich zur Verfügung stellen. Allerdings überwachen wir damit nur den eingezäunten Bereich unseres Unternehmens. Die Salinen werden nicht erfasst. Aber es wäre ja schön, wenn wir rasch diese sogenannten Umweltschützer finden und bestrafen könnten. Wars das jetzt? Sie haben mich gerade aus einem wichtigen Geschäftstermin in Tavira rausgeholt. Und wann kann denn der Betrieb hier wieder weitergehen?"

Mendes deutete auf die beiden Arbeiter, die Zigarette rauchend immer noch etwas abseitsstanden.

„Die beiden können gehen, wenn wir ihre Personalien aufgenommen haben. Wir werden sie informieren, wenn sie die Arbeit hier wieder aufnehmen können. Zunächst müssen wir aber das Gelände gründlich absuchen."

In Mendes Gesichtsausdruck war deutlich zu erkennen, dass ihm das ganz und gar nicht passte. Paulo ignorierte das: „Nur noch eine letzte Frage. „Wo waren sie denn letzte Nacht, so ab Mitternacht?"

„Ist das etwa die Frage nach einem Alibi? Das ist doch absolut lächerlich. Ja, ja ich weiß schon. Reine Routine", schnaubte Mendes.

„Ich war am Sonnabend und Sonntag zu Geschäftsterminen in Lissabon; meine Arbeitswoche endet nämlich nicht am Freitag... Ich habe heute Morgen den ersten Flieger um sechs Uhr von Lissabon nach Faro genommen. Meine Sekretärin zeigt Ihnen gerne die Hotelbuchung und die Flugtickets von TAP. Jetzt entschuldigen sie mich aber bitte. Sie wissen ja, wo sie mich erreichen können."

Mendes drückte Paulo seine Visitenkarte in die Hand und stieg in seinen Wagen Er wendete und brauste davon, eine große Staubwolke hinter sich lassend.

„Nicht gerade ein angenehmer Zeitgenosse", brummelte Paulo mehr zu sich selbst, aber doch so laut, dass der neben ihm stehende Ricardo dies mitbekam.

„Aber geschmackvoll gekleidet ist er schon", entgegnete dieser prompt.

5

„Ich bringe ihn um!" Luis Oliveira stürmte in das große Büro des Rechtsanwaltes. Dr. Felipe Coelho hatte seit vielen Jahren seine Anwaltskanzlei in Vila Real de Santo António an der Grenze zu Spanien. Oliveira hielt einen Brief in der Hand und streckte diesen dem Rechtsanwalt entgegen. Seine Hand zitterte, Schweißperlen bedeckten seine Stirn trotz der Kühle im Raum.

"Hier... hier, bitte lesen sie das...". Der in einem dunklen Anzug gekleidete Dr. Felipe Coelho nahm das Schreiben in die Hand und setzte sich an die Stirnseite des ovalen Besprechungstisches. Mit einem Handzeichen bat er Oliveira, ebenfalls Platz zu nehmen. Der ließ sich in den bequemen Besprechungsstuhl fallen.

„Bom dia, Herr Oliveira. Bedienen sie sich gerne." Dr. Coelho zeigte auf die Gläser und auf das auf dem in Mahagoni gehaltenen Besprechungstisch bereitstehende Wasser.

„Was gibt es denn Besonderes?", fragte er betont ruhig. Er setzte seine randlose Lesebrille auf und überflog das knapp einseitige Schreiben.

„Ich bin ruiniert. Dieser Betrüger hat mir eine Quinta auf einem verseuchten Grundstück für teures Geld verkauft. Ich bringe ihn um", wiederholte der Mann, der einen Kopf kleiner als der Anwalt und leicht untersetzt war.

„Ich wollte dort ein Familienhotel eröffnen. Mit Tieren und Spielmöglichkeiten für die Kinder, mit einem schönen Swimmingpool und einem Restaurant mit regionaler Küche. Ich wollte Oliven, Orangen und Granatäpfel anbauen. Und jetzt? Alles aus! Was soll ich bloß machen?"

Der Anwalt sah die Verzweiflung in dem wettergegerbten Gesicht seines Gegenübers.

„Also, wenn ich das Schreiben des Immobilienmaklers richtig verstehe, lagen beim Kauf alle notwendigen Dokumente vor und sie haben die Quinta in dem Zustand, wie sie sie vorgefunden haben, gekauft. Haben sie denn das Grundstück nicht gründlich angesehen oder untersuchen lassen?"

„Ich habe dem Typen geglaubt, dass alles in Ordnung ist. Waren ja auch eine Menge Papiere dabei. Ich kenn mich damit doch nicht so aus. Ich kann Häuser und Swimmingpools bauen und habe auch in der Landwirtschaft gearbeitet. Meine Frau ist eine tolle Köchin und kann gut mit Menschen umgehen. Eine Quinta mit Übernachtungsmöglichkeiten und Restaurant war schon immer unser Traum. Und ich habe gelesen, dass die Engländer, die Deutschen, Holländer und Schweden sehr gerne Familienurlaub auf diesen alten landwirtschaftlichen Gütern machen. Die Lage und die Größe der Quinta waren einfach toll. Blick auf den Rio Guadiana und bis nach Spanien hinüber. 600.000 Euro für zweieinhalb Hektar: ein echtes Schnäppchen.

Da mussten wir einfach zugreifen. Mit unserem Ersparten, dem Kredit unserer Bank und den 100.000 Euro von meinen Schwiegereltern konnten wir das auch noch finanzieren."

„Und der günstige Kaufpreis hat sie nicht misstrauisch gemacht?"

Dr. Felipe Coelho hatte in seiner langen beruflichen Tätigkeit schon sehr viele Menschen in seiner Kanzlei getroffen, die bei Immobilienverkäufen über den Tisch gezogen worden waren, so wie offensichtlich Luis Oliveira jetzt auch.

Oliveira beruhigte sich ein wenig: „Der Makler hat etwas von Notverkauf erzählt und dass der Besitzer schnell Geld braucht."

„Und wann haben sie bemerkt, dass etwas mit dem Boden nicht stimmt?"

„Als wir die Baugrube für den Swimmingpool ausheben wollten, sah der Boden komisch aus. Richtig schwarz, Öl eben. Ich habe dann den gesamten Boden der Quinta untersuchen lassen. Überall war altes Öl. Eine Riesenschweinerei. Allein für die Untersuchung musste ich mehr als zehntausend Euro bezahlen. Und alles beseitigen zu lassen kostet bestimmt mehr als hunderttausend Euro. Keine Ahnung, wo ich das hernehmen soll. Und das dauert doch alles. Und ohne Gäste haben wir keine Einnahmen."

„Und da haben sie dem Immobilienmakler, Herrn Rodrigues, wie es hier steht, geschrieben und eine Übernahme der Kosten oder eine entsprechende

Reduzierung des Kaufpreises verlangt. Das lehnt der natürlich ab."

„Was heißt denn natürlich?" Oliveiras Gesicht nahm erneut eine ungesunde rötliche Färbung an. „Natürlich wäre doch, dass man bei Geschäften alle Karten auf den Tisch legt und nicht etwas verschweigt. So kenn ich das. Aber heutzutage denkt jeder nur an sich selbst und daran, wie man am meisten Geld scheffeln kann. Das fängt doch bei den Politikern an. Unter die Räder kommen immer die kleinen Leute...."

Dr. Coelho überging Oliveiras Ausbruch. Er kannte das nur zu gut: Statt sich den Folgen des eigenen Handelns und der eigenen Fehler zu stellen, waren immer die Politiker oder andere finstere Mächte schuld.

„Ich stehe vor dem finanziellen Ruin, Herr Anwalt. Ich muss doch die Bank bezahlen. Und wenn ich nicht bald Einnahmen von den Gästen der Quinta habe, kann ich das nicht. Und das Geld von meinen Schwiegereltern ist auch weg. Können sie denn nichts tun und den Kerl verklagen?"

Der Rechtsanwalt lehnte sich zurück und blickte nachdenklich aus dem großen Fenster über den breiten Guadiana auf die spanische Grenzstadt Ayamonte. Er hatte wenig Hoffnung, dass eine Klage gegen Rodrigues Erfolg haben würde. Vor zwei Jahren hatte er in einer Grundstücksangelegenheit schon einmal einen Mandanten gegen Rodrigues vertreten. Leider hatten sie vor Gericht verloren. Rodrigues Verträge waren in der Regel ausgeklügelt und rechtlich nicht zu beanstanden.

Andererseits tat ihm Oliveira leid. Und wenn er geschickt vorging, konnte er vielleicht die Presse dazu gewinnen, über die Geschichte groß zu berichten. Der Kampf seiner Kanzlei für einen betrogenen kleinen Mann gegen den bösen Immobilienmakler Rodrigues. Auch wenn sie den Prozess wahrscheinlich verlören, könnte dieser Fall nicht nur seiner Kanzlei nutzen. Es würde auch dem Image von Rodrigues und damit seinem großen Projekt in Santa Luzia schaden. Dr. Coelho lehnte dieses als völlig unzumutbaren Eingriff in die Umwelt ab. Seine dreiundzwanzigjährige Tochter Antonia engagierte sich in einer Umweltgruppe gegen das Projekt und er unterstützte ihr Engagement nachdrücklich.

Luis Oliveira blickte den Anwalt erwartungsvoll an. Der beugte sich leicht zu ihm vor und legte seine Hand kurz auf dessen rechten Unterarm.

„Ich möchte ihnen gerne helfen, Luis. Und vielleicht haben wir auch eine Chance. Wenn Herr Rodrigues und der Besitzer von der Verseuchung wussten, und das können wir annehmen, und ihnen dieses verschwiegen haben oder gar falsche Angaben gemacht haben, müsste da schon etwas möglich sein. Aber es wird dauern. Um die Erfolgsaussichten einschätzen zu können, bräuchte ich auf jeden Fall alle ihre Unterlagen."

Die dekorative hölzerne Wanduhr einer schweizerischen Uhrenmanufaktur schlug elfmal.

„Oh, es ist ja schon elf Uhr. Ich muss dringend zu einem Gerichtstermin. Schicken sie mir bitte möglichst rasch alle ihre Unterlagen. Ich werde mir diese dann ansehen. Mein Sekretariat wird einen Termin mit ihnen vereinbaren, auf dem wir dann auch die Honorarfrage klären können. Até breve, bis bald, Herr Oliveira."

Dr. Felipe Coelho stand auf, verabschiedete sich mit einem Händedruck und verließ zügig sein Büro.

Luis Oliveira blieb noch einen Moment sitzen, trank sein Wasser aus und dachte über das Gespräch mit dem Anwalt nach.

Seine Verzweiflung war zwar nicht vollständig verschwunden, aber zumindest hatte er jetzt die Hoffnung, dass ihm jemand helfen würde. Vielleicht bekam er doch noch sein Geld zurück und alles würde gut werden. Dr. Coelho schien kompetent zu sein.

„Vielleicht hätte ich ihm auch von meinem zweiten Brief erzählen sollen", dachte Luis Oliveira noch, als er das Büro verließ.

6

Ana und Tiago blickten fast gleichzeitig auf ihre Uhren. Es war sechs Minuten nach zehn. Die montägliche Redaktionskonferenz bei Tavira de Manhã begann eigentlich immer auf den Punkt genau um zehn Uhr.

„Olá, Ana, wo bleibt denn unser Chef? Sonst legt er doch immer so übergroßen Wert auf Pünktlichkeit."

Tiagos jüngere Kollegin grinste. Sie musste an den Anschiss denken, den Tiago sich vor zwei Wochen abgeholt hatte, nur weil er fünf Minuten zu spät gekommen war.

„Der kommt bestimmt gleich. Vielleicht ist etwas mit seinem Fahrrad."

Auf der hölzernen Treppe waren Schritte zu hören. Die Redaktionsräume der lokalen Tageszeitung befanden sich in der ersten Etage eines gepflegten Bürgerhauses am Praça da República direkt an der Ponte Romana, die über den Rio Gilão führte. Die siebenbogige Brücke aus dem 17. Jahrhundert verdankte ihren Namen den Fundamenten aus der Römerzeit. Von dem kleinen funktional eingerichteten Konferenzraum hatte man einen guten Blick auf das schöne Rathaus, das auf der anderen Seite des Platzes lag. Das Gebäude war während des Zeitalters der portugiesischen Entdeckungen im 16. Jahrhundert erbaut worden, als Tavira einer der wichtigsten Häfen für Schiffsexpeditionen war. Im Laufe der Zeit wurde es mehrfach renoviert, um seine Pracht und die Funktionalität als Rathaus zu erhalten.

Während der Redaktionskonferenzen konnten Ana und Tiago allerdings selten die Blicke schweifen lassen. Tomas Silva führte ein strenges Regiment und beide hatten großen Respekt vor ihm. Er war ein sehr guter Journalist mit einer „tollen Schreibe". In seinen Artikeln brachte er immer das Wesentliche auf den Punkt. Er ließ seine Leser an seinen Gedankengängen teilhaben, so dass sie seine Schlussfolgerungen gut nachvollziehen konnten.

„So würde ich auch gerne schreiben können", dachte die achtundzwanzigjährige Ana, die seit drei Jahren in der Redaktion arbeitete. Silvas Kommentare waren wegen ihrer Schärfe gefürchtet. Lokalpolitiker blätterten am Sonnabend zuerst auf die Seite mit seinem Wochenendkommentar und waren froh, wenn ihr Name dort nicht erwähnt wurde. Tomas hatte einen hervorragenden journalistischen Spürsinn und kannte so ziemlich jeden in Tavira und in der Region.

Als Chef war der sechsundvierzigjährige dagegen eine Katastrophe: Rechthaberisch und aufbrausend, wenn es mal nicht nach seinen Vorstellungen ging. Für lockere Sprüche hatte er überhaupt keine Antenne.

Ana und Tiago verkniffen sich daher jeden Kommentar, als Tomas Silva zehn Minuten verspätet den Konferenzraum betrat.

„Bom dia. Ich hatte einen kleinen Fahrradunfall - nichts Schlimmes", sagte der Lokalchef, der damit sowohl seine Verspätung als auch das leichte Humpeln erklärte. Damit war das Thema erledigt und er eröffnete die wöchentliche Redaktionskonferenz.

„Ich möchte, dass wir heute neben den Themen der Woche auch schon einmal darüber sprechen, was wir zum 45. Jahrestag der Nelkenrevolution im April machen."

Ana und Tiago sahen sich verstohlen an. Jedes Jahr dasselbe. Immer wollte Tomas Silva eine besondere Berichterstattung zum 25. April. Der hatte ihre Blicke bemerkt.

„Was ist los? Ihr wollt doch nicht bestreiten, dass die Nelkenrevolution für uns alle eine herausragende Bedeutung hatte und wir darüber berichten sollten?"

Ana und Tiago wussten, was jetzt kam.

„Muss ich euch noch einmal erzählen, dass die Nelkenrevolution eine mehr als vierzigjährige Diktatur in unserem Land beendete und die letzte europäische Kolonialmacht zum Sturz brachte?"

„Musst du nicht. Das wissen wir und wir sind sehr froh darüber, dass Portugal seitdem ein demokratischer Staat ist, der die Grundrechte achtet", beantwortete Tiago wie jedes Jahr die eher rhetorische Frage. „Aber das ist doch alles schon sehr lange her. Ana und ich waren damals ja noch nicht einmal geboren."

„Gerade deshalb müssen wir die Erinnerung wachhalten. Das ist unsere Verantwortung - besonders als Zeitung. Jetzt lasst uns aber zunächst einmal diese Woche besprechen. Was habt ihr? Tiago: Was gibt es aus dem Gemeinderat von Tavira?"

„Herausragendes Thema ist immer noch der Neubau der bisherigen provisorischen Brücke über den Rio Gilão, die dann nicht nur von Fußgängern und Fahrradfahrern genutzt werden kann, sondern auch für den Autoverkehr geöffnet wird", sagte Tiago und deutete ein Gähnen an.

„Mit der Konsequenz, dass der Autoverkehr mit seinen Abgasen in unserer schönen Innenstadt noch mehr zunimmt", warf Ana ein.

„Ich weiß, dass das nicht gerade dein Lieblingsthema ist, Tiago. Aber es interessiert unsere Leserinnen und Leser sehr. Also machen wir dazu auch etwas. Was haltet ihr von einer Straßenbefragung Pro und Contra? Was haben wir noch im Stadtrat?"

„Natürlich unseren Dauerbrenner. Die Ausweisung des Tavisal-Geländes als Tourismusgebiet. Dieser Immobilienmakler Rodrigues stellt am Mittwoch zusammen mit einem Architekten den Entwurf einer Brücke zwischen der geplanten Ferienanlage und dem Terra-Estreita-Strand vor."

„Aber die haben doch noch gar keine Genehmigung für das Projekt", warf Tomas Silva ein.

„É verdade", entgegnete Tiago. „Das ist wahr, aber die sind da ganz geschickt und binden die lokalen Politiker sehr frühzeitig mit Informationen ein."

„...und möglicherweise auch mit anderen Mitteln", ergänzte Tomas Silva.

Ana meldete sich zu Wort.

„Ich habe übrigens kurz vor unserer Konferenz einen Telefonanruf von Manuel Gonçales erhalten. Ihr wisst doch, dieser Anführer von „Um mundo", die gegen das Projekt sind. Er hat gesagt, dass sie heute Nacht auf dem Gelände Protestplakate aufgehängt haben. Darüber sollten wir berichten."

Silva nickte: „Claro, du kannst ja nachher gleich einmal zum Gelände fahren und Fotos machen. Wann waren die denn genau da?"

„Das hat Manuel mir nicht gesagt."

„Ist ja auch nicht so wichtig. Ich wollte sowieso einmal den nicht verstummenden Gerüchten nachgehen, dass O Turismo sich die Zustimmung von einzelnen Stadtratsmitgliedern etwas kosten lassen will. Bisher ist ja eine Mehrheit noch nicht sicher. Das könnte eine größere Story werden."

Nachdem Ana, Tiago und Tomas die weiteren lokalen Themen diskutiert hatten, rief Silva wie angekündigt den Punkt „45. Jahrestag der Nelkenrevolution" auf.

„Ihr habt ja vorhin selbst festgestellt, dass die Nelkenrevolution schon lange zurückliegt. Aber gerade deshalb müssen wir darüber berichten. Habt ihr Vorschläge, wie wir an das Thema herangehen?"

„Was haltet ihr von einer Umfrage bei Schülerinnen und Schülern, was sie noch von der Nelkenrevolution wissen?", schlug Ana vor.

„Und auf der anderen Seite befragen wir ältere Menschen, welche Erinnerung sie noch ganz persönlich an die Nelkenrevolution haben", ergänzte Tiago.

„Ja, das ist nicht schlecht, reißt mich aber nicht wirklich vom Hocker."

„Na komm Tomas. Du hast doch bestimmt schon etwas im Kopf", entgegnete Tiago, denn so lief es jedes Jahr.

Die Nelkenrevolution war das Leib- und Magenthema ihres Chefs. Er hatte sich damit intensiv in seinem Geschichtsstudium an der Universidade de Èvora beschäftigt. 2005 hatte er dann bei Rádio e Televisão de Portugal RTP angefangen, Reportagen zu diesem Thema zu produzieren. Immer wieder berichtete er über die Aufarbeitung der Verbrechen der Geheimpolizei während der Diktatur. Und immer wieder eckte er mit der Vehemenz an, mit der er seine Auffassung vertrat, dass viele ehemalige Mitarbeiter der Geheimpolizei oder der Behörden sich ihrer gerechten Strafe entziehen konnten.

So verließ er nach Meinungsverschiedenheiten mit den RTP-Verantwortlichen den Sender bereits nach zwei Jahren wieder. Er fing bei Tavira de Manhã an und wurde 2012 Lokalchef.

„Wir sollten das Thema Täter in der Zeit der Diktatur aufgreifen. Und zwar diejenigen, die die Maschinerie in der zweiten Reihe am Laufen gehalten haben: in den Zensurbehörden, in den Gefängnissen oder auch in den Schulen und Universitäten. Die meisten von ihnen sind doch nach der Nelkenrevolution untergetaucht und nie bestraft worden. Ich bin schon an dem Thema dran."

Ana und Tiago nickten. Das klang wirklich interessant. Zudem war jeder Versuch zwecklos, Tomas von einem Thema abzubringen, das er ins Blatt heben wollte.

Die Turmuhr der nahe gelegenen Igreja da Misericórdia, eine von mehr als 20 Kirchen Taviras schlug elfmal.

„Okay", sagte Tomas. „Ich höre keinen Widerspruch. Wir haben ja noch etwas Zeit bis dahin. Konkretisiert bitte eure Ideen. Wir sprechen dann nächste Woche noch einmal etwas ausführlicher darüber. Und in dieser Woche sollten wir neben dem Üblichen das Thema der Ferienanlage wirklich etwas intensiver beleuchten. Ana, sag doch Bescheid, wenn du zum Gelände von Tavisal fährst. Da komme ich gerne mit."

Anas Begeisterung hielt sich in Grenzen. „Ich dachte, ich könnte die Story mit den Umweltschützern alleine machen", flüsterte sie Tiago zu.

12. April 1974

7

Er wollte nur noch eins: Schlafen. Dann würde er die Schmerzen nicht mehr spüren. Und dann würden sie ihn in Ruhe lassen. Zumindest eine Zeit lang. Schlafen. Nur schlafen. Fernandez rutschte auf der harten Pritsche hin und her. Sie war das Einzige, was sich in seiner Zelle befand. Außer einem Eimer für seine Notdurft in der anderen Ecke. Kein Tageslicht erreichte ihn. Trotzdem war es hell, unerträglich hell: Gleißendes Licht, das in den Augen brannte. Es war direkt auf seine Pritsche gerichtet. Es tat weh, auch wenn Fernandez die Augen schloss. Das Licht brannte ohne Unterbrechung schon seit zweiundsiebzig Stunden. Da hatten sie ihn nach dem Besuch seiner geliebten Maria in die Zelle zurückgestoßen.

Ab und zu fielen Fernandez trotz der Helligkeit vor Erschöpfung die Augen zu. Dann wurde sofort die Zellentür aufgeschlossen und einer der Wärter schlug ihn so lange, bis er die Augen wieder aufmachte.

Fernandez hatte jedes Gefühl für die Zeit verloren. War es jetzt zwei Wochen, drei Wochen oder sogar schon einen Monat her, dass Salazars Todesvögel ihn zusammen mit Bruno und Mario festgenommen und in die Festung nach Caxias gebracht hatten? In dieses langgestreckte weiße Fort, das als Teil der Lissabonner Befestigungsanlage 1886 fertiggestellt worden war. Unendlich weit weg von der zivilisierten Welt, obwohl das Zentrum Lissabons nur fünfzehn Kilometer entfernt war. Eine Hölle für Menschen, die es wagten, gegen die Diktatur zu kämpfen oder nur ihre Meinung offen zu äußern. Schon seit Anfang 1935 hielt die portugiesische Geheimpolizei hier politische Gefangene fest, verhörte und folterte sie.

Fernandez zitterte vor Kälte, Angst und Schlafmangel. Er stank und seine Kleider hingen in Fetzen von seinem geschundenen Körper herab.

„Ich will Maria und meine beiden Kleinen wiedersehen. Für sie muss ich stark sein und durchhalten", entfuhr es Fernandez wie ein stummer Schrei. Sein ganzer Körper schmerzte von den Schlägen der Folterknechte und er wusste nicht, wie lange er die Torturen noch aushalten würde.

Die Verhöre im Südtrakt des Forts hatten noch am Tag der Festnahme begonnen. Immer wieder wollten sie von ihm wissen: „Wer sind eure Hintermänner? Bist du Mitglied der Kommunistischen Partei oder einer anderen Organisation? Wer hat euch bei dem Plan geholfen, wer hat das Material für die Bombe geliefert?"

Aber Fernandez konnte nichts über Hintermänner sagen, weil es keine gab. Bruno, Mario und er hatten die Aktion ganz alleine geplant. Keine politische Partei oder Organisation stand hinter ihnen.

Höhnisches Lachen war die Reaktion auf seine Antworten. Und heftige Schläge auf den Kopf, die Arme und in den Unterleib.

Ihm fielen erneut die Augen zu. Halb im Unterbewusstsein hörte er das Klappern des schmalen Sehschlitzes an seiner Zellentür. Ein Schlüssel drehte sich im Schloss und die Tür öffnete sich knarrend. Wie durch einen Wattebausch drang eine Stimme an sein Ohr: „Hier wird nicht geschlafen! Mach dich bereit zum Verhör!"

„Nicht schon wieder! Ich kann nicht mehr! Ich halte das nicht mehr aus!"

Sein Mund wurde trocken, sein Herz raste, sein Magen krampfte sich derart zusammen, dass er vor Schmerzen am liebsten laut geschrien hätte. Seine Beine versagten ihren Dienst.

Die beiden Wärter rissen ihn von der Pritsche hoch, schlugen mit ihren Schlagstöcken auf seinen Brustkorb, stießen ihn aus der Zelle und schleiften ihn durch die fensterlosen Korridore im Nordtrakt der Festung. Sie näherten sich dem Südtrakt. Je näher sie diesem kamen, desto lauter waren die Schmerzensschreie der Gefolterten zu hören, in die sich Beschimpfungen und höhnisches Gelächter der Folterer mischte. Und das dumpfe Geräusch von Schlägen mit Stöcken oder bloßen Fäusten auf menschliche Körper.

„Ich muss stark sein. Ich muss überleben", beschwor Fernandez sich. „Maria durfte mich doch besuchen."

War es ein Tag, zwei Tage oder drei Tage her? Fernandez wusste es nicht, aber er redete sich ein, dass die Besuchserlaubnis ein gutes Zeichen war. Er klammerte sich an die Hoffnung, dass er bald nach Hause zurückkehren könne.

„Das musst du jetzt überstehen – für Maria und die Kinder!"

Die beiden Wärter stießen Fernandez in den Verhörraum. Hinter dem rohen Holztisch stand ein einfacher Holzstuhl. An der Wand hingen zwei Lautsprecher. Sonst gab es nichts in dem Raum. Fernandez erkannte den Mann, der hinter dem Holztisch saß, sofort wieder. Es war der Geheimpolizist, der bei der Festnahme die Brille von Bruno zertreten hatte.

„So sieht man sich wieder. Nimm Haltung an, wenn du mit mir sprichst", fuhr der stämmige, brutal aussehende Mann ihn an. Er war einige Jahre jünger als Fernandez, hatte sich in der Hierarchie der Geheimpolizei aber schon hochgearbeitet.

„Du weißt, was wir wissen wollen. Wer hat euch bei dem geplanten Bombenanschlag unterstützt? Wer hatte die Idee zu dem Plan? Wer hat euch das Material geliefert? Und komm mir nicht mit dem Märchen, dass habt ihr drei alleine gemacht. Rede! Sofort! Du Bastard!"

Fernandez bekam kein Wort heraus. Der Geheimpolizist erhob sich langsam vom Stuhl, trat einen Schritt auf ihn zu, sah ihn drohend an und hob seine Faust.

„Es…, es gibt keine Hintermänner. Wir haben alles alleine geplant und wollten es auch alleine ausführen", brachte Fernandez schließlich mit schwacher Stimme heraus.

Er sah nur noch, wie der Geheimpolizist den beiden Wärtern, die ihn hierhergebracht hatten und hinter ihm im Raum standen, kurz zunickte. Dann spürte er schon den brennenden Schmerz von den Schlagstöcken, die auf seine Schultern und den Rücken knallten. Er hatte das Gefühl seine Knochen würden brechen.

„Du darfst jetzt nicht schwach werden!"

Fernandez dachte an seinen Vater. Auch der war ins Gefängnis geworfen und misshandelt worden: Im Januar 1934 hatte er als junger Glasarbeiter an dem revolutionären Generalstreik gegen das nationale Arbeitsgesetz teilgenommen. Zwei Jahre nach seiner Machtergreifung wollte Salazar nach dem Vorbild Mussolinis das Streikrecht aufheben und die freien Gewerkschaften verbieten. Die Arbeiter kämpften nicht nur für die Rücknahme des Gesetzes. Sie wollten den Sturz des Diktators.

Fernandez´ Vater war dabei, als die Glasarbeiter in Marinha Grande etwa einhundertvierzig Kilometer nördlich von Lissabon die Macht übernahmen. Allerdings nur für wenige Stunden. Dann wurde der Aufstand brutal niedergeschlagen. Die Anführer wurden später in das berüchtigte Campo do Tarrafal, das Konzentrationslager auf Cape Verde deportiert. Viele von ihnen starben dort.

„Hör auf zu lügen!", herrschte ihn der Geheimpolizist an.

„Sagt dir der Name Barroso etwas? Haben er und seine Maoistenfreunde vom Movimento Reorganizativo do Partido do Proletariado euch unterstützt? Dein Freund Bruno war doch Mitglied bei denen?"

„Ich kenne keinen Barroso. Und mit den Maoisten hatten wir nichts zu tun."

Der Geheimpolizist sah Fernandez drohend an.

„Gut. Wir können auch anders!"

Er setzte sich den Kopfhörer auf, der auf dem Holztisch lag und bedeutete den beiden Wärtern mit einem Handzeichen, vor der Tür zu warten. Aus den zwei Lautsprechern ertönte ein schriller lauter Ton, der bis ins Unerträgliche anschwoll.

Fernandez hatte das Gefühl sein Trommelfell würde platzen und sein Schädel in Teile zerspringen. Als er versuchte, seine Ohren mit den Händen zu schützen, rammte sein Peiniger ihm die Faust in den Magen. Fernandez stöhnte auf. Er versuchte den Ton zu ignorieren und sich auf etwas anderes zu konzentrieren. Aussichtslos. Fünf Minuten, zehn Minuten, eine viertel Stunde. Dann wurde es plötzlich ruhig. Der Geheimpolizist setzte den Kopfhörer ab und winkte die beiden Wärter wieder in den Raum hinein.

„Namen! Ich will endlich Namen hören! Sonst siehst du deine süße kleine Maria nie wieder!"

Der Mann lachte dreckig.

Fernandez schwieg.

„Die Namen! Los! Stell dich hin. Breite die Arme aus, wie die Cristo Rei Statue oberhalb der Salazar-Brücke. So bleibst du jetzt stehen....bis du mir die Namen nennst."

Fernandez stellte sich mit ausgebreiteten Armen vor seine Folterer. Er wusste, dass ihm bei jeder Bewegung Schläge oder Elektroschocks drohten. Er verharrte regungslos. Minute um Minute. Eine gefühlte Ewigkeit. Seine Arme taten höllisch weh. Sie wurden schwerer und schwerer. Seine Beine zitterten. In seinem Kopf hämmerte es.

Das letzte, was er sah, war das höhnische Grinsen der Geheimpolizisten. Dann brach er zusammen.

4. März 2019 - Nachmittags

8

Leticia Rodrigues hatte es sich in einem der Rattan-
stühle auf der großen Terrasse bequem gemacht
und telefonierte. Seit zehn Jahren lebte sie mit ihrem Mann Afonso in dem Haus an der Straße nach
Pedras d´el Rei. Kinder hatten sie nicht. Am Anfang
ihrer Ehe hatte Leticia dies noch bedauert. Jetzt
war sie froh darüber.

Paulo und Isabel klingelten mehrfach an der Ein-
gangspforte. Nichts geschah. Erst als Paulo winkte
und laut rief, sah Leticia auf und beendete ihr Te-
lefongespräch. Bedächtig legte sie die fast 50 Meter
über die Auffahrt zu dem breiten weißen schmiedeeisernen Tor zurück. Mit einem Knopfdruck öffnete
sie das Tor und sah die beiden Besucher fragend
an.

Isabel war angetan von dem schönen großen
Haus. Es war schneeweiß getüncht. So stachen die
dunkelbraunen Türen und Fenster besonders gut
hervor. Alles musste vor kurzem neu gestrichen
worden sein. Die Farben leuchteten kräftig. Die ge-
pflegte Anlage rund um das Haus mit dem saftigen
grünen Rasen vermittelte ein Bild des Friedens und
der Harmonie. Ein kompletter Gegensatz zu dem,
was sich hier in den letzten Jahren abgespielt haben musste.

„Entschuldigen sie bitte. Ich war so in mein Gespräch vertieft, dass ich sie gar nicht gehört habe. Was kann ich für sie tun?"

Paulo und Isabel zeigten ihre Dienstausweise. Paulo musterte die Frau, die etwas kleiner als er war. Sie war leger, aber geschmackvoll gekleidet. Er hätte sie auf Ende vierzig geschätzt. Aber er wusste, dass sie in seinem Alter war. Eine attraktive Frau mit langem braunen Haar, das locker und leicht gewellt nach hinten fiel.

„Wie kann ich ihnen helfen? Wenn sie zu meinem Mann wollen: Der ist nicht da. Aber nehmen sie doch gerne Platz!"

Leticia deutete auf die Sessel auf der Terrasse.

„Möchten sie etwas trinken? Vielleicht ein Áqua mineral com gas?"

Paulo und Isabel setzten sich, lehnten aber das angebotene Mineralwasser dankend ab. Paulo erkannte eine gewisse Bitterkeit im Gesicht von Leticia.

„Vielen Dank, Senhora Rodrigues", wurde er ungewohnt förmlich.

„Ich habe leider eine traurige Nachricht für sie: Wir haben ihren Mann Afonso Rodrigues heute Morgen tot auf dem Gelände der Firma Tavisal gefunden."

Paulo hielt nichts von langen Vorreden. Er hatte Isabel gebeten, besonders auf die erste Reaktion von Leticia zu achten. Sie war bisher noch nie dabei gewesen, als eine Todesnachricht überbracht werden musste. Denn so oft gab es keine Gewaltverbrechen in Tavira und Umgebung. Der letzte Mord lag schon einige Jahre zurück. Im benachbarten Kreis Olhão mit dem Ferienort Fuseta war da schon mehr los. Dort hatten die Kollegen sogar einen Austauschkommissar aus Hamburg bekommen.

Isabel hatte sich auf der Fahrt Gedanken darüber gemacht, wie Leticia auf die Nachricht reagieren würde. Sie rechnete damit, dass sie in Tränen ausbrechen oder vielleicht sogar zusammenbrechen würde. Sie war unsicher, wie sie darauf reagieren sollte.

Doch ihre Sorgen waren unbegründet. Nach einem kurzen erstaunten Aufflackern ihrer dunklen Augen lag Sarkasmus in Leticias Stimme.

„Tot? Das erklärt allerdings, warum er heute Morgen nicht da war. Auch sein Auto ist weg. Aber mein Mann war ja häufiger nachts unterwegs. Wie ist er denn gestorben?"

Paulo erläuterte ihr die Umstände des Todes. „Hatte ihr Mann Feinde?"

„Da gab es wohl einige. Ein erfolgreicher Geschäftsmann hat doch immer Feinde. Außerdem war er zuletzt für das große Ferienanlagenprojekt auf dem Gelände von Tavisal verantwortlich. Wenn er dort ermordet worden ist...."

Leticia stockte. Isabel blickte sie fragend an.

„Sie werden es ja sowieso herausfinden: Afonso hatte zahlreiche Affären, immer mit sehr viel jüngeren Frauen. Er hat sie häufig auf dem Tavisal Gelände getroffen."

„Aber er war doch schon ziemlich alt", entfuhr es Isabel. „Ich meine, sie sind doch schon lange verheiratet. Und sie haben das einfach so akzeptiert?"

„So etwas akzeptiert man nicht. Wir haben uns in letzter Zeit sehr oft gestritten."

„Haben sie denn nie über eine Trennung nachgedacht", setzte die Kommissaranwärterin nach.

Paulo runzelte die Stirn.

Leticia allerdings schien über die Frage nicht irritiert zu sein. „Nein, daran habe ich nicht gedacht... zumindest bis letzten Sonnabend nicht."

„Was ist da passiert, Frau Rodrigues?"

„Nennen sie mich gerne Leticia, Herr Kommissar. Das mit der Frau Rodrigues wäre sowieso bald vorbei gewesen. Am letzten Sonnabend kam eine junge Frau zu mir. Sie sagte, Afonso habe sie vergewaltigt, nachdem sie die Affäre mit ihm beenden wollte. Ich habe ihr zunächst nicht geglaubt und sie gebeten, unser Haus sofort zu verlassen. Sex mit anderen Frauen... ja. Aber Vergewaltigung? Das konnte ich mir bei meinem Mann nicht vorstellen. Aber je mehr ich darüber nachdachte.... Afonso akzeptierte kein Nein – weder geschäftlich noch privat."

Isabel war elektrisiert: „Kannten sie die Frau? Wissen sie, wie sie heißt? Haben sie mit ihrem Mann darüber gesprochen?"

„Die Frau kenne ich nicht. Der Vorname war Vitoria, den Nachnamen hat sie nicht genannt. Sie sagte, sie wohnt in Cabanas. Mit Afonso hat sie sich wohl häufiger auf dem Gelände von Tavisal getroffen."

Leticia machte eine kurze Pause bevor sie fort-
fuhr.

„Natürlich habe ich mit meinem Mann darüber
gesprochen. Ich habe in unserer Ehe ja schon vieles
ertragen, aber das...."

Sie trank einen Schluck Wasser. „Er hat die Affäre nicht abgestritten, die Vergewaltigung aber
schon....Ich war so wütend, habe ihm gedroht, dass
es nun endgültig reicht und bin dann zu einer
Freundin nach Olhão gefahren und heute Morgen
gegen neun Uhr zurückgekommen. Ich gebe ihnen
gerne den Namen und die Adresse, falls sie das
überprüfen wollen."

„Vielen Dank. Den Namen und die Anschrift ihrer
Freundin bräuchten wir tatsächlich. Können sie
denn die Frau aus Cabanas beschreiben? Und wissen sie, ob ihr Mann sich gestern Nacht noch einmal mit ihr treffen wollte?"

„Das weiß ich nicht. Ich weiß nicht, was er gestern vorhatte. Ehrlich gesagt, ist es mir auch egal.
Zu ihrer anderen Frage, Herr Kommissar. Ja, ich
kann mir Gesichter ganz gut merken. Sie war sehr
hübsch. Schwarze mittellange Haare, eine kleine
Stupsnase...."

„Danke. Sie brauchen sie mir jetzt nicht weiter zu
beschreiben. Wir schicken ihnen so schnell es geht,
einen Polizeizeichner vorbei. Der fertigt dann ein
Phantombild von dieser Vitoria an. Wir würden jetzt
gerne noch einen Blick in das Arbeitszimmer ihres
Mannes werfen", sagte Paulo.

„Ja, natürlich. Folgen sie mir bitte."

Leticia kramte in ihrer Handtasche. „Hier ist die Visitenkarte meiner Freundin."

Sie erhob sich und ging in das Haus. Sie durchquerte den großen Wohnbereich. Alles war sehr geschmackvoll mit hellen Möbeln eingerichtet. Auf der rechten Seite befand sich eine abgetrennte Küchenzeile und Kochinsel. Von dem dahinterliegenden Flur ging es rechts in das Arbeitszimmer.

Der Kontrast zum Wohnbereich hätte nicht größer sein können. Paulo und Isabel fühlten sich wie erschlagen von den dunklen wuchtigen Möbeln. „Mein Geschmack wäre das nicht", dachte Isabel, als sie den massiven Schreibtisch, den wuchtigen Besprechungstisch, eine Glasvitrine und zwei Bücherregale alles in dunkler rustikaler Eiche sah. Ein ausladendes schwarzes Ledersofa stand an der Wand gegenüber vom Schreibtisch. Isabel ertappte sich bei dem Gedanken, dass das Sofa vielleicht nicht nur dem Mittagsnickerchen des Herrn Rodrigues gedient hatte.

„Wenn sie mich nicht mehr benötigen, würde ich mich jetzt gerne etwas zurückziehen. Sie finden mich im Wohnzimmer."

Ohne eine Antwort abzuwarten, verließ Leticia das Arbeitszimmer.

„Ruf doch bitte gleich Lucinho Martins an", bat Paulo Isabel. „Er soll sofort kommen und nach den Angaben von Frau Rodrigues ein Bild zeichnen. Wir müssen diese Vitoria so schnell wie möglich finden."

„Mach ich. Was hältst du denn von Leticia? So emotionslos wie sie auf die Todesnachricht reagiert hat und bei dem, was ihr Mann ihr angetan hat, könnte sie es doch auch gewesen sein, oder?"

„Wir werden auf jeden Fall ihr Alibi überprüfen", erwiderte Paulo. Er zeigte Isabel die Visitenkarte: "Ihre Freundin ist übrigens Scheidungsanwältin."

Während Paulo sich im Arbeitszimmer umsah, rief Isabel Lucinho Martins an.

Auf dem Schreibtisch stand ein Laptop mit einem zusätzlichen großen Bildschirm. Stifte, Notizblöcke, ein Gefäß mit Büroklammern, ein Hefter und ein Locher waren ordentlich auf der einen Seite des Laptops angeordnet. Auf der anderen Seite lag eine lederne Büromappe. In einem der Regale standen etwa fünfzig Ordner. Das andere war mit Büchern gefüllt: Wirtschaftsfachbücher, historische Romane und Biografien. Auch die Vitrine war mit Büchern bestückt, mit dicken Schinken über die Geschichte Portugals. Daneben stand eine Stehlampe. Auf dem massiven Holzständer thronte ein ausladender Lampenschirm aus Glas. An den Wänden hingen Bilder mit Fischer- und Anglermotiven.

Paulo blätterte die Büromappe durch. Sie enthielt zahlreiche Geschäftsschreiben. Auf den ersten Blick war nichts Besonderes dabei, aber sie würden die Mappe ebenso wie den Laptop mitnehmen.

Paulo wollte das Kabel des Laptops gerade vom Bildschirm trennen, als Isabel ins Arbeitszimmer kam.

„Wir haben Glück. Lucinho hat wie du seinen freien Tag und ist am Barill-Strand. Er ist in zehn bis fünfzehn Minuten hier."

„Gut, vielen Dank, Isabel. Schaust du dir bitte einmal die Ordner in dem Regal dort an. Wenn dir etwas auffällt, nehmen wir den Ordner auch gleich mit."

Isabel blickte skeptisch auf das gut gefüllte Regal. Zu ihrer Erleichterung waren die Rückseiten fein säuberlich beschriftet. Allein zwanzig Ordner enthielten Unterlagen zu dem Ferienanlagenprojekt. Dann gab es weitere Ordner zu anderen Projekten an der Ostalgarve. Auf zwei Ordnern stand „Santander".

Isabel zog diese aus dem Regal, klappte sie auf und sagte voller Verwunderung.

„Schau mal hier. Rodrigues hat seine Kontoauszüge von der Santander Bank mit den dazugehörigen Überweisungsunterlagen abgeheftet. Dass es so etwas noch gibt, in Zeiten von Online-Banking. Da sind ja meine Eltern schon weiter. Naja, Rodrigues war eben nicht mehr der Jüngste."

Paulo räusperte sich. Er heftete seine Kontoauszüge auch noch fein säuberlich ab.

„Die beiden Ordner und den Laptop nehmen wir mit!"

Er hob den Laptop hoch und stutzte: Darunter befand sich ein Briefumschlag, adressiert an Senhor Afonso Rodrigues. Paulo zog das einseitige Schreiben aus dem Kuvert, überflog es und reichte es Isabel.

„Wenn Sie nicht umgehend ihre Schweinerei behe-
ben und mir 50.000 Euro für meine bisher entstan-
denen Kosten bezahlen sowie die Ölverschmutzun-
gen auf dem Grundstück beseitigen, werde ich die
notwendigen Maßnahmen ergreifen. Ich weiß ja, wo
Sie aufzufinden sind. Ich erwarte eine Antwort von
Ihnen innerhalb einer Woche. Luis Oliveira."

Isabel schaute auf das Absendedatum: 23. Februar, genau eine Woche vor dem Tod von Afonso
Rodrigues.

Im Wohnzimmer waren Stimmen zu hören. Lucinho Martins unterhielt sich bereits mit Leticia.

„Wie siehst du denn aus? Ist das jetzt unsere
neue Berufsbekleidung?", wollte Isabel wissen und
lachte.

Lucinho stand in kurzer Sporthose und T-Shirt
neben Leticia.

„Klar. Luftig und zweckmäßig", grinste er.

Der fünfundzwanzigjährige Lucinho galt als at-
traktivster Mann der Polícia Judiciária in Faro und
Umgebung, sehr zum Ärger von Ricardo.

„Ach was! Ich wollte gerade eine Runde am
Strand laufen, als du angerufen hast. Und jetzt bin
ich hier. Wir können gleich beginnen, Frau Rodrigues. Ich habe mein Equipment immer dabei." Lucinho deutete auf seinen Laptop.

„Mach das Lucinho. Leticia: Wir möchten gerne
den Laptop ihres verstorbenen Mannes mitnehmen
sowie einige Unterlagen aus dem geschäftlichen Bereich. Vielleicht helfen die uns, den Mörder oder die

Mörderin ihres Mannes zu finden. Kennen sie das Passwort?"

„Nehmen sie mit, was sie für nötig halten. Das Passwort kenne ich aber nicht. Unser Hochzeitsdatum ist es bestimmt nicht."

„Wir werden das Passwort schon rausbekommen. Heute Nachmittag werden sich einige Kollegen das Zimmer ihres Mannes noch einmal etwas genauer ansehen. Sind sie zu Hause?"

Leticia nickte. Jetzt sah sie doch etwas müde aus.

„Lucinho, schickst du uns bitte das Phantombild von Vitoria so schnell wie möglich?"

Lucinho nickte und fuhr seinen Laptop hoch.

Paulo und Isabel gingen noch einmal in das Arbeitszimmer, um Rodrigues´ Laptop, die beiden Ordner und die Büromappe zu holen. Paulo ließ seinen Blick noch einmal durch das Zimmer schweifen. Er stutzte, als er an die Wand hinter dem Schreibtisch sah. Oberhalb eines Bildes von der ehemaligen Thunfischfangstation am Praia do Barill befand sich eine kleine Kamera, für das ungeübte Auge kaum zu erkennen.

„Mich würde schon interessieren, was Rodrigues hier aufgenommen hat. Das sollen sich unsere Kollegen einmal genauer ansehen."

Auf dem Weg zu seinem Renault rief Paulo Tomas Silva an. Es überraschte ihn nicht, dass der Journalist bereits von dem Tod Rodrigues wusste. Paulo verabredete sich mit ihm zum Mittagessen. Ab und zu trafen sie sich zum Essen oder tranken ein Glas Wein zusammen. Paulo schätzte sehr, dass Tomas in Tavira und Umgebung wirklich fast jeden kannte. So kam es ihm jedenfalls vor.

Tomas schlug als Treffpunkt das Casa Simão vor. Das Restaurant lag nur einen Steinwurf von dem Redaktionsgebäude entfernt, auf der anderen Seite der römischen Brücke. Das Casa Simão war bei Portugiesen sehr beliebt und mittags immer voll. Aber kurz nach vierzehn Uhr würden sie sicherlich noch einen Platz bekommen. Außerdem war Tomas dort Stammgast und wurde entsprechend bevorzugt behandelt.

Paulo stieg mit Isabel in seinen Wagen und informierte sie von seiner Verabredung mit Tomas.

„Ich fahre dich dann noch an der Polizeistation vorbei. Versuch einmal, so viel wie möglich über Rodrigues rauszubekommen. Und schau dir die Kontoauszüge an. Vielleicht gibt es ja etwas Auffälliges. Ricardo soll sich um diesen Luis Oliveira kümmern. Was sagst du denn zu Leticia?"

Das Handy von Paulo klingelte. „Ricardo", stellte er mit einem Blick auf sein Display fest und drückte die Lautsprechertaste.

„Sim, Paulo hier. Wie bist du vorangekommen?"

„Gut. Ich war sehr erfolgreich. Ich weiß jetzt, wer die Transparente aufgehängt hat: Manuel Gonçales, Luisa Coelho und Antonia Santos. Und ich weiß auch, wann sie die Transparente aufgehängt haben, nämlich gegen 23.30 Uhr. Kurz vor Mitternacht sind sie dann verschwunden."

„Gute Arbeit, Ricardo. Wie hast du das so schnell rausbekommen?"

„Polizeirecherche und gute Kontakte."

Isabel verzog das Gesicht.

„Ich habe Druck gemacht und dann hat Tavisal sehr schnell die Videobänder rausgerückt. Die drei sind klar zu erkennen. Bis kurz vor Mitternacht waren sie da. Ich habe dann meine Kontakte genutzt und etwas rumtelefoniert. Ana, die Redakteurin von Tavira de Manhã kannte sie. Es war nicht ganz einfach, ihr die Informationen aus der Nase zu ziehen, aber..."

„Bei deinem Charme konnte sie bestimmt nicht widerstehen..."

Ricardo ignorierte Isabels Zwischenruf. „Luisa und Antonia sind vierundzwanzig und dreiundzwanzig Jahre alt. Sie studieren beide Meereswissenschaften an der Universidade do Algarve in Faro und wohnen dort auch. Ich habe schon mit ihnen telefoniert und sie haben zugegeben, dass sie die Transparente in der Nacht aufgehängt haben. Vom Mord haben sie aber angeblich nichts mitbekommen. Ich habe die beiden morgen auf das Präsidium vorgeladen. Mal sehen, ob sie dann etwas mehr sagen. Um diesen Manuel Gonçales kümmere ich mich noch. Ana meint, er ist wohl ziemlich radikal. Der Kapitalismus ist seiner Meinung nach an allem Schlechten Schuld, auch an der Umweltzerstörung. Es geht nie um den Menschen, sondern immer nur um den Profit der Unternehmen. Auf die Polizei ist er auch nicht gut zu sprechen. Er wohnt in Santo Estevão. Das ist doch ganz in deiner Nähe, Paulo. Wie gesagt, ich habe ihn noch nicht erreicht, bleibe aber dran."

Paulo und Isabel hatten jetzt schon fast Tavira erreicht. Auf der rechten Seite passierten sie das Centro de Saúde, das Gesundheitszentrum für Tavira und Umgebung. In wenigen Minuten würden sie an der Polizeistation sein.

„Okay. Bleib bitte an diesem Manuel dran."

„Und wart ihr auch erfolgreich?" Ricardo war etwas sauer, dass er im Polizeipräsidium bleiben musste und Isabel und nicht er Paulo zu Leticia begleiten durfte.

„Isabel wird dir von unserem Besuch bei Leticia berichten. Wir haben einen Drohbrief von einem gewissen Luis Oliveira gefunden. Den hat Rodrigues bei einem Grundstücksverkauf wohl ziemlich übers Ohr gehauen. Es wäre schön, wenn du dich darum gleich kümmern könntest. Wir treffen uns dann gegen sechs Uhr im Präsidium", sagte Paulo und wollte das Gespräch beenden.

„Sechs Uhr geht in Ordnung, Paulo. Aber bitte nicht länger als sieben. Ich bekomme heute Abend noch Besuch und will kochen, Arroz de Pato - Entenreis. Dafür muss ich noch Ente und Chouriço einkaufen."

„Damit will er bestimmt wieder eine Touristin beeindrucken", kommentierte Isabel, als Paulo aufgelegt hatte.

9

„Warum? Warum hast du mir das angetan? Ich bin dir wohl nicht mehr gut genug? Mit diesem alten widerlichen Sack treibst du es also lieber als mit mir. War es denn wenigstens gut? Und mit wie vielen anderen warst du noch im Bett? Aber mein Geld hast du ja immer gerne genommen."

Raul Perreira schleuderte seiner Frau seine ganze angestaute Wut entgegen. Seine Stimme wurde immer lauter und bedrohlicher. Sie musste im ganzen Haus zu hören sein.

Vor drei Jahren waren die Perreiras in die schöne Vierzimmer-Wohnung in Cabanas eingezogen. Sie mochten die ruhige Wohngegend außerhalb der touristischen Meile von Cabanas, nur wenige hundert Meter von der Bahnstation Conceiçao entfernt. Raul, Vitoria und die beiden dreizehn und neun Jahre alten Jungs Bento und Marcelo wohnten im ersten Stock des modernen Hauses in der Rua Leite de Vasconcelos de Linguista.

Raul hatte sich drohend vor Vitoria gestellt. Er hob seine mächtige Hand. Vitoria wich zurück. Sie war schmächtig, fast zwei Köpfe kleiner als ihr Ehemann. Sie zitterte. Und sie wusste aus der Vergangenheit, dass Raul es nicht nur bei Worten beließ. Tränen flossen über ihr Gesicht. Ihre pechschwarzen Haare hatten zwar nichts von ihrer Schönheit verloren, aber der Glanz ihrer fröhlich strahlenden blauen Augen war erloschen. Die Neununddreißigjährige genoss es, wenn Männer hinter ihr hersahen, was häufig passierte. Jetzt war sie ein Häufchen Elend.

„Bitte Raul, schrei nicht so! Bento und Marcelo spielen draußen vor dem Haus. Die müssen doch nicht alles mitbekommen. Es tut mir so leid", schluchzte sie.

Raul trat einen Schritt auf sie zu: „Jetzt fällt dir das also ein? Jetzt tut es dir also leid. Jetzt, wo dein Liebhaber mausetot ist. Jetzt denkst du an unsere Kinder? Na toll. Daran hättest du vorher denken können. Ich sag dir eins: Du ziehst hier aus - aber die Kinder bleiben hier."

„So, so, die Kinder bleiben bei dir? Und wer kümmert sich um die beiden? Das habe ich doch immer getan. Dir waren unsere Söhne doch nur zum Vorzeigen wichtig. Genauso wie ich, die kleine hübsche Frau. Sonst hast du mich doch gar nicht mehr beachtet. Und dann wunderst du dich, dass ich mir Zuneigung woanders hole...?"

Rauls Hand traf Vitorias linke Wange mit voller Wucht. Sie taumelte und fiel rückwärts auf das graue Sofa.

„Das machst du nicht noch mal mit mir! Ich gehe. Und Marcelo und Bento nehme ich mit..."

Vitoria rieb sich ihre schmerzende Wange. Die hatte sich in Sekunden tiefrot gefärbt. Langsam zog sie sich am Couch-Tisch hoch und wollte zur Ausgangstür stürzen.

Aber Raul stellte sich ihr in den Weg, stieß sie auf das Sofa zurück und hob erneut drohend die Hand: „Es war ja nicht das erste Mal…Und glaubst du eigentlich, ich hätte das nicht mitbekommen mit dir und diesem alten Knacker."

Vitoria blickte ihren drei Jahre älteren Ehemann verständnislos an. „Was willst du damit sagen?"

Raul blieb die Antwort erspart, da es an der Tür klingelte.

„Wahrscheinlich mal wieder unsere tollen Nachbarn eine Etage tiefer", dachte er und rief in Richtung Tür: „Jetzt nicht, wir sind beschäftigt."

„Für uns müssen sie schon Zeit haben, Herr Perreira. Polícia Judiciária! Machen sie auf!"

Raul stutzte und ließ von Vitoria ab. Langsam ging er zur Tür und öffnete sie widerwillig einen Spalt breit.

Paulo stieß die Tür auf. Er erfasste sofort die explosive Lage. Isabel war geschockt. Raul wirkte immer noch sehr bedrohlich und Vitoria zitterte am ganzen Leib, eine Mischung aus Verzweiflung und Wut.

„Ich denke es ist das Beste, sie beruhigen sich jetzt erst einmal, Herr Perreira", hörte sie Paulo sagen.

„Wir müssen mit ihnen beiden sprechen. Ich vermute, dass sie bereits wissen, dass Herr Rodrigues tot ist."

„Ja, das wissen wir. Es kam ja schon im Radio. Und wissen sie was: Ich bin darüber nicht traurig. Die da vielleicht schon..."

Raul deutete auf Vitoria, die mühsam ihre Tränen zurückhielt.

„Ich habe heute allerdings noch mehr erfahren. Aber das wissen sie ja wahrscheinlich auch schon, sonst wären sie kaum hier."

Angesichts der Anwesenheit von zwei Polizisten bekam Raul sich langsam in den Griff. Vitoria kauerte weiterhin auf dem Sofa. Isabel reichte ihr ein Taschentuch.

„Wir möchten sie gerne getrennt befragen", sagte Paulo.

Isabel warf einen Blick auf die beiden Jungs, die ihnen gefolgt waren und entsetzt ihre Mutter und ihren Vater ansahen.

„Können die beiden woanders spielen, vielleicht bei den Nachbarn?", fragte sie Vitoria.

Bento, der ältere von den beiden, antwortete an Stelle seiner Mutter. „Nicht nötig, komm Marcelo, wir gehen auf den Fußballplatz und trainieren noch ein bisschen. Du darfst auch CR 7 sein."

„Das ist eine tolle Idee. Länger als eine Stunde brauchen wir nicht. Wir müssen nur etwas mit euren Eltern besprechen."

Die beiden Jungs schnappten sich einen Fußball und verließen schnell die Wohnung. Isabel setzte sich zu Vitoria auf das Sofa. Paulo ging mit Raul auf den großen Balkon und zog die Balkontür hinter sich zu.

„Alles in Ordnung, Frau Perreira? Es tut mir leid, dass ich ihnen ein paar sehr persönliche Fragen stellen muss. Geht das?"

Vitoria nickte und goss sich und Isabel ein Glas Wasser ein. Ihre Wange brannte immer noch, aber ihre Situation schmerzte sie noch viel mehr. Die Ereignisse der letzten Tage und die heftige Auseinandersetzung mit ihrem Mann gerade eben waren der reinste Horror. Dazu die Angst und die Ungewissheit, wie es weitergehen sollte. Sie hatte zwar schon häufiger Auseinandersetzungen mit Raul gehabt und er hatte sie auch schon mehr als einmal geschlagen. Aber so schlimm wie heute war es noch nie gewesen.

„Ihr Mann weiß von der Affäre, die sie mit Rodrigues hatten? War das der Grund für den Streit?"

„Ich habe es ihm heute gesagt, kurz bevor sie kamen. Als die Nachricht im Radio kam, hat er an meiner Reaktion sofort gemerkt, dass etwas nicht stimmt. Dafür hat Raul ein gutes Gespür. Ich habe es ihm deshalb gebeichtet. Er ist völlig ausgerastet und hat mich geschlagen."

„Wenn sie ihn deswegen anzeigen möchten, können wir das nachher aufnehmen."

Vitoria schüttelte den Kopf.

„Haben sie ihm denn alles gesagt, also auch von der Vergewaltigung erzählt, von der sie Leticia Rodrigues berichtet haben? Warum haben sie ihr eigentlich davon erzählt?"

„Es war so schrecklich. Ich war so wütend und verletzt, konnte aber mit niemandem reden. Dann habe ich gedacht, dass seine Frau wissen muss, mit was für einem Schwein sie verheiratet ist. Aber sie hat mir nicht geglaubt …oder zumindest so getan, als ob sie mir nicht glaubt. Und dann hat sie mich rausgeschmissen."

„Aber ihrem Mann haben sie von der Vergewaltigung nichts erzählt? Und sie sind sich sicher, dass er bis gerade eben nichts von ihrem Verhältnis zu Rodrigues wusste?", bohrte Isabel nach.

„Nein, von der Vergewaltigung habe ich ihm nichts erzählt. Ich hatte Angst vor seiner Reaktion. Ich weiß nicht, wie er darauf reagiert hätte. Ich glaube nicht, dass er von unserer Affäre etwas mitbekommen hat. Ich habe mich mit Afonso immer dann getroffen, wenn Raul dienstlich unterwegs war. Oder ich habe ihm gesagt, dass ich eine Spätschicht im „Murphys" habe. Dort habe ich ab und zu gekellnert."

Isabel kannte den bei Touristen sehr beliebten Irish Pub an der Promenade in Cabanas nicht. Ricardo war aber häufiger dort und hatte Vitoria deshalb sofort auf dem Phantombild von Lucinho Martins erkannt.

„Wann und wo haben sie denn Afonso Rodrigues das letzte Mal gesehen? Und warum haben sie ihn wegen der Vergewaltigung nicht angezeigt?"

„Zuletzt gesehen habe ich ihn letzten Donnerstag, auf dem Tavisal-Gelände. Da haben wir uns meistens getroffen, ab und zu auch in seinem Haus, wenn seine Frau weg war. Ich wollte das beenden, wegen meiner Familie."

Vitoria machte eine Pause.

„Und was noch?" fragte Isabel.

„Er…, er verlangte immer perversere Sachen von mir. Anfangs hat es mir ja auch gefallen, aber dann ging es mir doch zu weit. Als ich ihm das gesagt habe und Schluss machen wollte, ist er fürchterlich sauer geworden. „Ich entscheide, wann Schluss ist", hat er mich angebrüllt….und dann hat er…"

Vitoria brach erneut in Tränen aus. „Ich konnte doch nicht zur Polizei gehen, dann hätte Raul alles mitbekommen", schluchzte sie. „Mein ganzes Leben ist ruiniert…"

Isabel gab ihr ein neues Taschentuch. Sie fühlte sich nicht sehr wohl in dieser Situation. Sie wusste nicht so recht, was sie Tröstendes sagen sollte. Sie konnte doch der älteren und viel erfahreneren Frau keine klugen Ratschläge geben. Und Floskeln nach dem Motto: „Es wird schon alles wieder gut", konnte sie nicht ausstehen. Deshalb sagte sie stattdessen: „Ich muss sie das leider fragen: Wo waren sie in der Nacht vom 3. auf den 4. März so zwischen Mitternacht und drei Uhr morgens?"

„Warum fragen sie? Glauben sie etwa ich hätte Afonso umgebracht? Trauen sie mir das wirklich zu? Ich war das nicht. Das könnte ich nicht, obwohl ich nicht bedaure, dass er tot ist. Ich war zu Hause und habe geschlafen. Raul war nicht da, er war geschäftlich in Monte Gordo und hat dort auch übernachtet. Aber Bento und Marcelo waren da."

„Was macht denn ihr Mann?"

„Er arbeitet für die Sagresbrauerei und ist an der Algarve verantwortlich für die Verträge mit Restaurants und Bars. Deshalb ist er viel unterwegs."

„Vielen Dank. Das wars erst einmal von mir. Wenn ihnen noch etwas einfällt oder wenn sie doch noch Anzeige erstatten wollen, rufen sie mich gerne an", beendete Isabel das Gespräch und gab Vitoria ihre Karte.

Sie war froh, dass in diesem Augenblick die Balkontür aufging und Paulo und Raul das Wohnzimmer betraten.

„Wie weit bist du, Isabel? Wir sind erst einmal durch."

„Wir auch."

„Gut, dann können wir ja los. Wenn ihnen noch etwas einfällt, melden sie sich gerne bei uns", wandte Paulo sich an Raul und Vitoria.

„Und wenn ich ihnen als Privatmensch noch einen Rat geben darf: Setzen sie sich zusammen und sprechen sie in aller Ruhe über ihre Zukunft. Ob es eine gemeinsame gibt oder nicht. Ich weiß, dass das einfacher gesagt als getan ist. Aber es gibt keinen anderen Weg."

„Oh Mann", dachte er. „Du bist ja ganz toll darin, anderen Menschen gute Ratschläge zu erteilen. Aber selbst...."

Im Gehen wandte er sich noch einmal direkt an Raul: „Wenn sie noch einmal ihre Frau schlagen, Herr Perreira, bekommen sie Ärger mit mir – aber richtig großen!"

Isabel blickte ihren Chef verblüfft an. So hatte sie ihn noch nie erlebt. Sie verließen die Wohnung. Auf dem Weg zum Auto begegneten ihnen Bento und Marcelo, verschwitzt vom Fußballspielen. Ihre Verunsicherung, was sie zu Hause erwarten würde, war ihnen deutlich anzusehen.

10

„Schön, dass ihr auch schon da seid. Wollten wir uns nicht um 18.00 Uhr treffen?"

Ricardo sah auf seine Uhr, als Isabel und Paulo das Besprechungszimmer im ersten Stock der Polizeistation von Tavira betraten. Auch Fabiana hatte bereits an dem Tisch mit den sechs Stühlen Platz genommen, dem man die Spuren der zahlreichen Besprechungen deutlich ansah. Es roch stark nach Chlor - wie an jedem Tag, an dem der Raum gereinigt wurde.

„Du kommst schon rechtzeitig zu deinem Date", stichelte Isabel.

„Lasst uns gleich anfangen!" Paulo nahm an der Stirnseite des Tisches vor der großen Pinnwand Platz.

„Fabiana, was hat die Obduktion ergeben?"

Fabiana blickte auf ihren Notizblock: „Wir haben bei Rodrigues eine Leberruptur festgestellt. Wie ich vermutet hatte, ist er tatsächlich durch einen Stich in die Leber gestorben. Der Täter oder die Täterin hat nur einmal zugestochen. Die Klinge war wohl so zehn bis zwölf Zentimeter lang."

„Ein Messer haben die Kollegen bisher aber nicht gefunden, obwohl sie das ganze Gelände abgesucht haben", warf Ricardo ein.

„Das Blut ist dann in den Bauchraum geschossen: Hämoperitoneum nennt man das. Rodrigues war aber nicht sofort tot. Bei so einem Stich verblutet man von innen und der Kreislauf bricht zusammen. Deshalb haben wir auch nicht so viel Blut gesehen."

„Wie lange lebt man noch nach so einem Stich?", fragte Paulo.

„Zwanzig Minuten bis eine halbe Stunde, wenn keine Hilfe kommt. Aber man kann sich nicht mehr kontrolliert fortbewegen oder artikulieren. Man bricht zusammen. Um diese Zeit war auf dem Gelände wohl auch niemand mehr, der Hilfe hätte leisten können."

„Vielleicht doch, nämlich unsere Umweltaktivisten", warf Ricardo erneut ein.

Unbeeindruckt fuhr Fabiana fort: „Ich lag ganz gut mit meiner Einschätzung des Todeszeitpunktes. Nach dem Stand der Leichenstarre ist er wohl in der Nacht zwischen ein und drei Uhr gestorben."

„Hattest du nicht gesagt, dass nach den Videoaufnahmen die Umweltleute kurz vor Mitternacht weg waren, Ricardo?"

„Das stimmt, meine liebe Isabel. Aber hast du vergessen, dass das Außengelände von den Videokameras nicht erfasst wird? Das heißt, sie könnten auf jeden Fall noch da gewesen sein."

Paulo nickte. Klarer Punkt für Ricardo. Fabiana hatte noch weitere Erkenntnisse und half so ihrer Tochter aus der unangenehmen Situation.

„Da ist noch etwas: Es hat tatsächlich vorher einen Kampf gegeben. Darauf haben ja schon die Spuren im Gebüsch hingewiesen. Rodrigues hatte eine Rippenkontusion, eine Rippenprellung, die von einem Faustschlag stammen könnte. Und noch interessanter: Ich habe eine starke Hodenprellung festgestellt. Die muss durch einen kräftigen Tritt oder Schlag kurz vor seinem Tod entstanden sein."

„Ein Tritt in den Unterleib? Das könnte ja auf Vitoria oder auch Leticia als Täterin hindeuten. Bei dem was Rodrigues den beiden angetan hat..."

„Gut kombiniert, Frau Nachwuchskommissarin. Ich war auch nicht untätig und habe mir einmal den Laptop angeschaut. Mit dem Passwort war der Herr nicht sehr einfallsreich: 15910203 eingerahmt von zwei Doppelkreuzen."

Genüsslich blickte Ricardo in die fragenden Gesichter. „Ganz einfach. Sein Geburtsdatum rückwärts: 3. Februar 1951. Und schaut mal, was ich auf seinem Laptop gefunden habe."

Fabiana, Isabel und Paulo stellten sich hinter Ricardo, der den Laptop aufgeklappt hatte und eine Datei anklickte. Die Szene war eindeutig und sicherlich nicht jugendfrei. Hauptdarsteller auf dem schwarzen Ledersofa in Rodrigues Arbeitszimmer waren Vitoria und der tote Immobilenmakler....

"Wollt ihr noch mehr sehen?", fragte Ricardo und blickte Isabel an.

Die wendete sich ab und sagte nur: „Was für ein Schwein. Dem hätte ich auch in die Eier getreten."

„Dafür war also die versteckte Kamera. Gibt es noch mehr Dateien dieser Art?", wollte Paulo wissen.

„Mit Vitoria insgesamt vier. Und das Tolle ist: Rodrigues hat die Dateien nach den Namen der Hauptdarstellerinnen benannt."

„Und du hast die bestimmt schon persönlich vorgeladen?", fragte Isabel.

„Wann sollte ich das denn machen? Ich musste mich ja auch noch um die Umweltleute und diesen Oliveira kümmern. Den habe ich morgen für 14.00 Uhr hierher bestellt."

„Okay, wir haben alle viel zu tun gehabt und das wird sicherlich nicht weniger", unterbrach Paulo das kleine Scharmützel seiner Mitarbeiter.

Er stellte sich mit einem Stift an die Pinnwand: „Lasst uns das mal etwas systematischer angehen."

„Gute Idee", murmelte Ricardo und schaute auf seine Uhr.

„Zunächst: Private Motive: Vitoria, das Vergewaltigungsopfer, Leticia, die betrogene Ehefrau und mindestens die weiteren drei Frauen, die auf den Videos zu sehen sind."

„Rodrigues war aber ein großer kräftiger durchtrainierter Mann, trotz seiner achtundsechzig Jahre. Ob eine einzelne Frau zu solch einem Kampf mit ihm in der Lage war, wage ich zu bezweifeln", warf Fabiana ein.

„Ist es nicht denkbar, dass sich zwei Frauen zusammengetan haben?"

„Möglich ist das schon, Isabel", entgegnete Paulo, „aber ich halte das für wenig wahrscheinlich. Ich würde eher Raul, den Ehemann von Vitoria auf die Liste nehmen. Ich werde das Gefühl nicht los, dass der schon vor der Beichte von Vitoria etwas von der Affäre wusste."

Paulo berichtete kurz von ihrem Besuch bei den Perreiras. Ricardo blickte erneut auf seine Uhr.

„Dann haben wir noch unsere Umweltleute: Luisa, Antonia und vor allem diesen Manuel Gonçales. Luisa und Antonia werden wir morgen um 12.30 Uhr noch einmal befragen. Und Gonçales werden Ricardo und ich dann morgen früh gleich einen Besuch abstatten."

Ein Klingelton ertönte. Ricardo rutschte unruhig auf seinem Stuhl hin und her.

Paulo sah missbilligend auf dessen Uhr und fuhr unbeirrt fort.

„Wie ihr wisst, habe ich mich mit Tomas Silva getroffen. Er vermutet, dass das Motiv im geschäftlichen Bereich liegt: Rodrigues hat wohl zahlreiche unfaire Immobilienverkäufe gemacht, von denen er profitierte und die hart an der Grenze zum Betrug waren oder nach Silvas Ansicht sogar darüber hinausgingen. Rodrigues ist auch einige Male angezeigt worden, aber zu einer Verurteilung hat es bisher noch nie gereicht. Dazu war Rodrigues wohl zu clever. Auch bei dem Ferienanlagenprojekt vermutet Silva, dass Schmiergelder im Spiel sind."

Paulo fügte eine neue Spalte neben „Privat" und „Umwelt" hinzu: „Immobiliengeschäfte".

Darunter schrieb er „Luis Oliveira", „Korruption bei Ferienanlagenprojekt" und „Weitere Betrugsopfer".

„Und dieser Geschäftsführer von Tavisal?"

„Was sollte der für ein Motiv haben, liebe Isabel? Außerdem hat er ein Alibi."

„Richtig. Aber kannst du das Alibi bitte überprüfen, Ricardo?"

„Jaja, sehr gerne. Aber was ist eigentlich mit den Kontoauszügen?"

Ricardo wusste genau, dass Isabel noch gar keine Zeit haben konnte, diese auszuwerten.

„Ich werde mir die Auszüge nach unserer Besprechung gleich noch einmal ansehen", erwiderte sie spitz.

Paulo runzelte die Stirn. Harmoniebedürftig wie er war, gefiel ihm der Ton zwischen Ricardo und Isabel nicht. Er würde einmal ernsthaft mit beiden reden müssen.

„Gut. Ich glaube weiter kommen wir heute nicht. Moment noch…", hielt er Ricardo zurück, der sofort den Laptop zuklappte, aufsprang und die Tür ansteuerte.

„Morgen steht Folgendes an: Ricardo und ich treffen uns hier um neun Uhr und fahren dann zu diesem Gonçales, mittags reden wir mit den beiden Umweltaktivistinnen. Um zwei Uhr kommt dann Luis Oliveira. Ricardo: Du müsstest bitte die übrigen drei Frauen auftreiben und befragen. Isabel: Du hast doch heute noch dein Handballtraining. Es reicht, wenn du dir die Kontoauszüge morgen ansiehst. Und dann recherchiere bitte einmal, wer gegen Rodrigues alles geklagt hat. Und schau auch, ob du auf dem Laptop außer den Filmen noch andere Dateien findest, die uns weiterhelfen könnten. Unseren Chef in Faro muss ich irgendwann auch noch über den Stand der Ermittlungen informieren. Der ist schon ganz ungeduldig. Wir sollten uns nach der Vernehmung von Oliveira gegen halb vier noch einmal hier treffen. Mal sehen, was der Tag bringt. Schönen Feierabend!"

Ricardo eilte als erster aus dem Besprechungsraum. Isabel folgte mit kleinem Abstand. Paulo und Fabiana blieben allein zurück.

„Wie sieht es aus, Fabiana. Wollen wir noch einen Wein trinken gehen?"

Fabiana ließ sich ihre Überraschung nicht anmerken.

„Ein andermal gerne, Paulo. Aber ich hatte Isabel versprochen, sie heute vom Training abzuholen. Außerdem..."

Sie beendete den Satz nicht, sondern sah Paulo nur nachdenklich an.

25. April 1974

11

„Lassen sie mich durch, por favor. Ich muss unbedingt zur Rua António Maria Cardoso."

Maria stand mit dem Kinderwagen auf dem Praça Luís de Camões und kam keinen Zentimeter weiter. Der Platz lag zwischen den Lissabonner Stadtteilen Bairro Alto und Chiado. Bis zum Hauptquartier der PIDE oder der Direção Geral de Segurança, wie die Geheimpolizei jetzt hieß, waren es nur noch knapp 200 Meter. Aber immer dichter gedrängt standen die Menschen auf den Bürgersteigen, in den Straßen und auf den Plätzen. Die Statue des portugiesischen Nationaldichters Luís de Camões aus dem 19. Jahrhundert war kaum zu erkennen, angesichts der Menschenmassen, die sich auf dem Platz drängten.

Maria schob mit einer Hand den Kinderwagen, in dem der kleine Tomas lag. Trotz des Trubels schlief der Einjährige tief und fest. Die vierjährige Almeira klammerte sich an die linke Hand ihrer Mutter. Sie sah sich mit ihren hellblauen Augen aufmerksam um, konnte aber nicht begreifen, was an diesem Donnerstag in Lissabon geschah.

„Mãe, ich friere. Sehen wir Papa heute wieder?"

Maria schluckte. „Ich hoffe es, Schatz. Zieh die hier an."

Sie gab Almeira die Jacke, die sie glücklicherweise eingepackt hatte. Der Himmel war bedeckt und es war recht kühl an diesem Vormittag in Portugals Hauptstadt.

Soldaten und Zivilisten verstopften die Straßen, das Hupen der Autos wollte gar nicht mehr aufhören. Die Motoren der Panzer und Mannschaftstransportwagen dröhnten. Geruch von Diesel lag in der Luft. Die Soldaten spreizten die Finger zum Victory Zeichen. Die Menschenmenge jubelte ihnen zu. Vor allem junge Männer versuchten auf die Panzer und Armeelaster zu klettern. Aber neben der unbändigen Freude lag auch Anspannung in der Luft. Die Menschen konnten kaum fassen, was sich seit kurz nach Mitternacht, in bisher gerade einmal zwölf Stunden ereignet hatte. Sollte die über vierzigjährige Diktatur in Portugal heute wirklich stürzen?

Um 0.20 Uhr in der Nacht hatte der katholische Radiosender Renascença „Grândola Vila Morena" gespielt. Das bekannte Lied von José Afonso war das Zeichen für die Soldaten der Bewegung der Streitkräfte, des Movimento das Forças Armadas (MFA): Der Aufstand gegen die Diktatur sollte jetzt beginnen.

Maria war um die Zeit noch wach und hörte das Lied im Radio. Seit der Verhaftung ihres geliebten Fernandez konnte sie kaum noch schlafen. Erste Falten durchzogen das Gesicht der Fünfundzwanzigjährigen.

Zwei Tage nach seiner Verhaftung, am 2. April, standen in aller Frühe zwei Geheimpolizisten an ihrer Wohnungstür. In wüstem Ton verlangten sie Auskunft von Maria: Über die Pläne ihres Mannes und über mögliche Hintermänner. Sie drohten ihr. Wenn sie nicht kooperiere, werde das schlimme Folgen haben. Für ihren Mann, für sie und für ihre Kinder. Aber Maria wusste nichts. Die Männer durchsuchten ihre Wohnung und verschwanden anschließend grußlos.

Vor zwei Wochen durfte sie dann ihren Mann im Gefängnis von Caxias besuchen. Maria war erschrocken: Fernandez sah schrecklich aus – um Jahre gealtert. Er hatte zwar versucht, sie zu beruhigen und gesagt, dass es ihm insgesamt gut gehe. Aber Maria sah in seinen Augen und hörte in seiner brüchigen Stimme, dass das gelogen war. Fernandez ging es schlecht, sehr schlecht sogar. Seitdem hatte sie nichts mehr von ihm gehört. Alle ihre Besuchswünsche wurden abgewimmelt.

Maria summte das Lied „Grândola Vila Morena" leise mit. Sie wollte ihre beiden Kinder nicht aufwecken. Sie ahnte, aber vor allem hoffte sie, dass etwas passieren würde. In den letzten Tagen schwirrten viele Gerüchte durch Lissabon und Portugal. Es hieß, dass die Soldaten, die dem MFA nahestanden, zur Tat schreiten und das verbrecherische Caetano-Regime endlich stürzen wollten.

Kurz nachdem die letzten Töne von „Grândola Vila Morena" verklungen waren, fiel Maria vor Erschöpfung doch noch in einen unruhigen Schlaf.

Etwa 80 Kilometer nördlich, in der Kavallerieschule von Santarem war Salgueiro Maia dagegen hellwach. Der neunundzwanzigjährige Hauptmann der portugiesischen Armee befahl seinem 2. Panzerregiment aus der Kaserne auszurücken. Zehn Panzer, zwölf Truppentransportwagen, zwei Krankenwagen, ein Jeep und ein Zivilfahrzeug setzten sich langsam in Bewegung. Gegen drei Uhr erreichten sie ihr Ziel. Unter dem Kommando von Salgueiro Maia besetzten die Soldaten den zentralen Platz Lissabons, den Terreiro do Paço am Tejo.

Maria lief den ganzen Vormittag unruhig in ihrer kleinen Zweizimmerwohnung auf und ab. Im Rundfunk hatten die Sprecher des MFA den Umsturz verkündet. Die Bevölkerung sollte zu Hause bleiben, um Blutvergießen zu vermeiden.

„Was hast du, Mãe? Ist etwas mit Pa?" fragte die kleine Almeira.

Maria hielt es zu Hause nicht mehr aus. Sie wollte zum Hauptquartier der Geheimpolizei. Die DGS, die Direção Geral de Segurança war seit November 1969 die Nachfolgeorganisation der PIDE, der Policia Internacional e de Defesa do Estado. Im Unterschied zur PIDE war sie nicht mehr dem Ministerpräsidenten direkt, sondern dem Innenminister unterstellt. Sonst hatte sich aber nichts geändert. Auch die DGS verbreitete Angst und Schrecken in Portugal und den portugiesischen Kolonien. Mord und Folter gehörten weiterhin zu den üblichen Methoden. Auch hinter der Fassade des Hauses Nr. 39 der Rua António Maria Cardoso wurden Menschen bei Verhören gefoltert. Hier saßen die Verantwortlichen für die Inhaftierung ihres Mannes.

Maria zog die beiden Kinder an, gab Almeira etwas Brot und Käse zu essen und fütterte Tomas mit seinem Brei. Kurz vor zwölf Uhr verließ sie die Wohnung in der Rua Fernandez Tomas, nicht weit entfernt von dem Bahnhof Cais do Sodré.

„Den einen Kilometer werde ich mit den Kindern schon schaffen", dachte Maria. Sie konnte Almeira und Tomas nicht zu ihren Eltern bringen, weil die im gut 20 Kilometer entfernten Estoril wohnten. Dort besaßen sie eine gut gehende Pastelaria. Maria hatte in dem kleinen Geschäft immer gerne ausgeholfen, bis die Kinder kamen.

„Mein Mann ist im Gefängnis von Caxias. Ich muss erfahren, was mit ihm ist."

Die Menschen machten ein wenig Platz, so dass Maria mit den beiden Kindern schließlich den Largo do Chiado erreichte, der sich unmittelbar an den Praça Luís de Camões anschloss. Zwei katholische Kirchen lagen sich hier gegenüber: Die Igreja de Nossa Senhora do Loreto dos Italianos und die Igreja de Nossa Senhora da Encarnação. Zwei imposante Bauwerke mit beeindruckenden barocken

Fassaden - nur durch die Kreuze an der Spitze als Gotteshäuser zu erkennen.

Maria war zwar katholisch, wie der weit überwiegende Teil der Portugiesen. Aber sie war nicht besonders gläubig und kritisch gegenüber der katholischen Kirche. Zumal der Lissabonner Kardinalpatriarch Manuel Gonçalves Cerejeira ein enger Freund von Salazar gewesen war. Er hatte dessen Regime immer unterstützt.

Maria interessierte sich nicht für die beiden Kirchen, die bei einem Erdbeben 1755 zerstört und danach wiederaufgebaut worden waren. Sie wollte so schnell wie möglich in die Rua António Maria Cardoso.

„Liberdade, Liberdade". Die Rufe wurden immer lauter. Zivilisten und Soldaten umarmten sich. Die Lissabonner hatten Essen, Wasser und Wein mitgebracht und teilten es mit den jungen Soldaten.

„Olá, Maria. Liberdade!". Sofia winkte Maria zu. Sie stand am Ende des Largo do Chiado, dort wo es rechts in die Rua António Maria Cardoso und links in die Rua Nova da Trinidade ging. Die langen schwarzen Haare hatte sie zu einem Zopf geflochten. In ihrem Arm hielt sie einen Korb voller roter Nelken. Maria kämpfte sich zu Sofia durch. Die beiden Frauen küssten und umarmten sich. Seit der Verhaftung ihrer beiden Männer hatten sie sich häufiger zu einer Bica getroffen und Sofia passte ab und zu auf Ameira und Tomas auf.

Sofia strahlte über das ganze Gesicht.

„Ist das nicht herrlich? Die Diktatur ist gestürzt. Die politischen Gefangenen sollen schon bald entlassen werden. Fernandez und Mario sind bestimmt bald wieder frei. Komm, nimm ein paar von den Nelken und gib sie den Soldaten. Ich bin so glücklich."

Sofia eilte zu einer Gruppe junger Soldaten und steckte die Nelken in die Gewehrläufe. Maria hatte Mühe, ihr zu folgen.

„Ich hoffe du hast recht, Sofia. Meinst du wirklich, das alte Regime gibt so schnell auf?"

„Bestimmt. Du wirst sehen. Ich war heute Morgen am Terreiro do Paço. Weißt du, was da passiert ist? Die Regierung hatte fünf Panzer dorthin geschickt. Und der General hat befohlen, auf unsere Soldaten zu schießen. Aber seine Leute haben einfach den Befehl verweigert. Stattdessen haben sie sich mit ihren Kameraden aus Santarem verbündet. Ich habe selber gesehen, wie der General aus seinem Panzer gesprungen und dann abgehauen ist. Der hatte die Hosen ganz schön voll."

Sofia lachte. „Und auch der zweite und dritte Trupp lief zu unseren Soldaten über. Salgueiro Maia ist ein echter Held."

„Da hast du vollkommen recht, Camerada."

Ein Soldat hatte das Gespräch mitbekommen. „Hauptmann Maia ist mit Teilen seiner Einheit gerade auf dem Weg zum Hauptquartier der Guarda Nacional Republicana am Largo do Carmo. Seit dem frühen Morgen sind Caetano und einige seiner

Minister dort. Die sollen sich ergeben und ihre gerechte Strafe erhalten. Liberdade!"

„Weißt du etwas über die Situation am Hauptquartier der Geheimpolizei? Ich will dahin, weil ich etwas über meinen Mann erfahren möchte. Der sitzt im Gefängnis in Caxias", sagte Maria.

Sie musste schreien, damit der Soldat sie verstehen konnte.

„Und der Mann meiner Freundin ist auch dort."

„Geht da nicht hin, das ist zu gefährlich, vor allem mit den beiden Kleinen. Wir sind da gerade vorbeigefahren. Die Verbrecher der Geheimpolizei haben sich im Gebäude verschanzt und leisten noch Widerstand. Kommt lieber mit zum Largo do Carmo. Vielleicht erfahrt ihr dort ja etwas. Es wäre eine Ehre, wenn wir den Frauen von zwei Widerstandskämpfern helfen können. Und für den Kinderwagen und die beiden Kleinen haben wir bestimmt auch noch Platz."

Der Soldat deutete auf den Armeelaster und ging zu dem Fahrer des Wagens. Der hatte sich gerade eine Zigarette angesteckt. Der Soldat sprach kurz mit ihm und zeigte auf die beiden Frauen. Der Fahrer nickte und bedeutete ihnen mit einem Handzeichen, zur Ladefläche zu gehen.

Der Soldat half Maria und Sofia auf die Ladefläche und hob den Kinderwagen mit Tomas hoch. Der war mittlerweile aufgewacht und schrie wie am Spieß. Maria konnte ihn aber schnell beruhigen.

Ein anderer Soldat bugsierte Almeira auf die Ladefläche zwischen Maria und Sofia und setzte sich dazu.

Der Fahrer startete den Wagen. Eine schwarze Abgaswolke quoll aus dem Auspuff.

Nur im Schritttempo kamen sie voran. Überall standen Menschen, klatschten den Soldaten begeistert zu und reichten ihnen rote Nelken. Sie fuhren ein kurzes Stück die enge Rua Nova da Trinidade hoch. Dann bogen sie nach rechts ab. In dem oberen Teil der Straße hatten regierungstreue Angehörige der Nationalgarde Position bezogen. Auf diese wollten sie nicht direkt treffen. So erreichte der Armeelaster mit Sofia, Maria und den beiden Kindern die Südseite des Largo do Carmo.

Hier war endgültig kein Durchkommen mehr. Auch für den Armeelaster nicht. Dicht gedrängt standen die Menschen vor dem Haupteingang des Hauptquartiers der Nationalgarde. Einige waren in die Bäume geklettert oder standen sogar auf dem Dach eines Fahrzeugs der Armee.

Mit Hilfe der Soldaten kletterten Sofia und Maria mit den beiden Kindern aus dem Wagen herab und blieben etwas abseitsstehen. Dennoch konnten sie den Eingang gut sehen.

„Schau mal!" Sofia stieß Maria an.

„Der mit dem Megaphon. Das ist Sagueiro Maia. Verstehst du was er sagt?"

Maria schüttelte den Kopf. Ein junger Mann drehte sich zu ihnen um.

„Er fordert, dass die GNR-Truppen sich ergeben und das Gebäude dem MFA übergeben. Caetano soll seinen Rücktritt erklären und festgenommen werden."

Aus dem Hauptquartier der Nationalgarde gab es keine Reaktion.

„Sie haben noch genau 15 Minuten Zeit. Dann schießen wir", war die Stimme von Sagueiro Maia jetzt deutlich zu vernehmen.

Maria wurde blass.

„Jetzt wird es mir aber doch zu gefährlich. Almeira und Tomas sind auch schon ganz schön durch den Wind. Es hat keinen Zweck. Ich erfahre hier doch nichts über Fernandez. Ich gehe mit den Kindern wieder nach Hause."

Maria schossen die Tränen in die Augen. Sofia umarmte und küsste sie. „Wenn es etwas Neues gibt, komme ich bei dir vorbei und erzähle es dir. Até breve."

Etwa eine Stunde später war Maria wieder zu Hause. Sie hatte noch Pastéis de Nata aus der Pastelaria ihrer Eltern. Almeira liebte diese Törtchen aus Blätterteig und Pudding, besonders wenn viel Zimt darüber gestreut wurde. Nachdem sie zwei gegessen hatte, schlief sie sofort ein. Auch ihrem kleinen Bruder fielen die Augen schnell zu, nachdem Maria ihn gefüttert hatte.

Sie schaltete das Radio an und setzte sich an den Küchentisch. Solange die Kinder wach waren, hatte sie sich noch beherrscht. Jetzt konnte sie die Tränen nicht mehr zurückhalten. Als sie die Nachrichten am Morgen gehört hatte, war sie voller Hoffnung gewesen, dass sie heute endlich etwas über Fernandez erfahren würde oder ihn sogar in ihre Arme schließen könnte. Doch diese Hoffnungen hatten sich nicht erfüllt.

Erschöpft schlief Maria am Küchentisch ein. So hörte sie nicht um zwanzig Minuten vor sieben die Mitteilung des MFA im Radio, dass Caetano die Macht an General Spínola übergeben hatte. Und sie bekam auch nicht mit, dass die Geheimpolizei immer noch nicht aufgegeben hatte. Am Abend schossen Männer aus dem Hauptquartier sogar auf die Menschenmenge, die das Gebäude stürmen wollte. Vier Menschen starben, fünfundvierzig wurden verletzt. Es blieben die einzigen Opfer der Nelkenrevolution, die mehr als vierzig Jahre der Diktatur und Unterdrückung in Portugal und den Kolonien beenden sollte.

5. März 2019

12

Der Duft von frischem Kaffee zog durch den kleinen Raum. Neben dem alten Sofa mit einem grünen Flanellbezug stand ein roter Sessel. Manuel Gonçales störte es nicht, dass der Stoff schon etwas fleckig war. Er hatte das Sofa und den Sessel sowie den davorstehenden Couchtisch für zwanzig Euro von einem Freund erstanden.

Er räkelte sich in dem Sessel und trank seine morgendliche Bica. Gut gelaunt summte er das Lied im Radio mit. Der Sender spielte gerade „Melhor de mim - Das Beste von mir", ein Stück von Mariza. Die portugiesische Sängerin interpretierte den traditionellen Fado moderner und auch nicht so schwermütig.

Das schmutzige Fenster verhinderte, dass viele Lichtstrahlen ihren Weg ins Innere fanden. Manuel Gonçales hatte die Beleuchtung eingeschaltet - eine nackte Glühbirne warf ihr Licht von der Decke herab. Er blickte zufrieden in die aktuelle Ausgabe von Tavira de Manhã. Immer wieder betrachtete er stolz das Foto mit den Transparenten, das auf der Seite drei abgedruckt war. Natürlich war der Tod von Rodrigues die Titelstory und nahm den größten Teil der Berichterstattung ein. Manuel konnte nicht gerade sagen, dass er den Tod des Immobilienmaklers bedauerte.

„Der hat es doch nicht anders verdient. Der ging doch selbst über Leichen, wenn es um seinen Profit ging", rief er in den Raum, dessen Decke so tief war, dass er problemlos mit ausgestreckten Armen dagegen kam. Der Achtundzwanzigjährige lebte schon viele Jahre allein in dem alten leicht baufälligen Haus. Er hatte sich deshalb angewöhnt, laut mit sich selbst zu sprechen.

„Hoffentlich ist mit seinem Tod auch dieses verdammte Ferienanlagenprojekt gestorben."

Eigentlich lief alles ganz gut für ihn. Nur seine ständigen Geldsorgen trübten ein wenig seine Stimmung. Diese hatten sich in den letzten Tagen noch zugespitzt. Manuel Gonçales verdiente sich seinen Lebensunterhalt mit Nebenjobs in Supermärkten. Waren auffüllen, Müll wegbringen oder auch mal Werbezettel verteilen. Jetzt hatte ihm aber der Supermarkt in Taviras Einkaufscentrum fristlos gekündigt. Nur weil er etwas Farbe mitgenommen hatte.

„Die vierzig Euro hätten die doch gar nicht gemerkt, bei dem Profit, den die tagtäglich machen. Und ich wollte das doch gar nicht für mich selbst haben, sondern um unsere Protestparolen auf die Straße von Tavira nach Santa Luzia zu malen", rechtfertigte er sich.

Er biss in seinen Croissant und blätterte auf die Seite zwei zurück.

„...Rätselhaft ist außerdem, dass keine persönlichen Papiere oder Geld bei Rodrigues gefunden wurden..."

Gonçales grinste breit und strich sich mit der linken Hand durch seinen Bart.

„Die Geldbörse ist ja auch bei mir. Die zweihundert Euro kann ich gut gebrauchen. Den Rest muss ich nur so schnell wie möglich entsorgen, bevor die Bullen das bei mir finden."

Er lauschte.

„Verdammt. Ich bekomme Besuch. Keine Ahnung, wer das sein könnte."

Paulo und Ricardo hatten endlich das Haus von Manuel Gonçales am Ende des kleinen Ortes Santo Estevão gefunden. Sie hatten eine knappe halbe Stunde für die etwa zehn Kilometer lange Strecke gebraucht. Länger als normal, weil auf dem Weg wieder einmal einer der berüchtigten Langsamfahrer unterwegs war, bei dem man nicht genau sagen konnte, wer älter war: Das Auto oder der Fahrer.

Manuel Gonçales hörte, wie die Autotüren zugeschlagen wurden und sich die Schritte der beiden Kommissare näherten. Es klopfte an der Tür.

„Polícia Judiciária. Herr Gonçales, wir möchten gerne mit ihnen sprechen."

Gonçales zuckte zusammen. „Ach du Scheiße. Die Geldbörse. Die Bullen dürfen die nicht bei mir finden."

Hastig sprang er auf, zog sich sein abgetragenes Jackett über, in dem sich noch die Geldbörse befand und verließ das Haus durch die Hintertür.

Dort standen zwei Fahrräder, eines klappriger als das andere.

Ricardo sah Paulo an: „Verdammt noch mal. Hörst du das? Der will abhauen!"

Sie rannten um das Gebäude herum und sahen gerade noch, wie Gonçales mit einem der Fahrräder auf den Feldweg einbog, der hinter dem Haus verlief. Mit dem Auto war dieser vom Haus aus nicht zu erreichen.

„Los Ricardo! Nimm dir das andere Fahrrad und versuche ihn einzuholen. Ich nehme den Wagen und versuche von einer anderen Stelle auf den Feldweg zu kommen."

Widerwillig lief Ricardo zu dem Fahrrad. Es war noch klappriger als das, mit dem Gonçales die Flucht ergriffen hatte. Es war völlig verrostet. Lenker und Sattel waren locker und die Kette hatte Öl wohl noch nie gesehen. Das Bremskabel hing lose vom Lenker herab. Ricardo riss es ganz ab, damit es beim Fahren nicht in die Speichen geriet.

Er war nicht sonderlich begeistert vom Auftrag seines Chefs. Er war nicht gerade in Höchstform. Die letzte Nacht hatte doch einige Spuren bei ihm hinterlassen. Aber wenn Paulo es so wollte. Also setzte er sich auf das Fahrrad und nahm die Verfolgung auf.

Gonçales hatte mittlerweile schon einen beträchtlichen Vorsprung. Er hatte einen Plan. In etwa zwei Kilometern führte der Feldweg an einem kleinen See vorbei. Dort würde er die Geldbörse loswerden. Er verfügte über eine ganz gute Kondition.

Sein Fahrrad war zwar auch nicht in einem Top-Zustand, aber zumindest war der Sattel fest und er hatte die Kette erst vor kurzem geschmiert.

Gonçales trat kräftig in die Pedale und schaute sich kurz um. Der Polizist hatte die Verfolgung aufgenommen. Gonçales grinste, als er sah, wie Ricardo sich mit dem Fahrrad abmühte. Der Abstand zwischen ihnen wurde langsam aber stetig größer.

„Mich bekommst du nie und nimmer. Jetzt nur noch den kleinen Hügel hinauf, dann um die Kurve und da ist dann gleich der See."

Ricardo kämpfte mit dem Fahrrad. Nicht nur, dass der Sattel viel zu tief war, er war auch nicht fest und drehte sich hin und her. Die Kette knarrte und Ricardo befürchtete, dass sie jeden Augenblick reißen könnte. Schweißperlen tropften ihm von der Stirn. Es war zwar erst kurz vor zehn Uhr morgens, aber die Sonne strahlte schon vom Himmel herab. Und für eine Verfolgungsjagd auf dem Fahrrad war Ricardo auch nicht richtig angezogen.

Er fluchte, als er den kleinen Hügel vor sich sah, den Gonçales jetzt in Angriff nahm. Den würde er mit diesem Schrott-Fahrrad nie und nimmer einholen. Er hoffte nur, dass Paulo irgendwo einen Zugang zu dem Weg finden würde.

Gonçales hatte jetzt fast die Spitze des Hügels erreicht und sah, wie sein Verfolger in der Ferne immer kleiner wurde.

„Jetzt nur noch den Hügel runter. Dann habe ich es geschafft."

Er konnte den See schon im Sonnenlicht glitzern sehen und nahm bergab noch einmal richtig Fahrt auf. Plötzlich nahm er einen Schatten im Augenwinkel wahr. Etwas großes Schwarzes rannte auf ihn zu. Er wollte noch ausweichen, riss den Lenker herum, aber es war zu spät.

Gonçales verlor die Kontrolle über sein Fahrrad und stürzte Hals über Kopf auf den Weg. Dabei riss er sich das rechte Knie auf.

Ricardo atmete schwer. „Ich fahre jetzt noch über den Hügel und wenn ich den Kerl dann nicht mehr sehe, hat es keinen Zweck. Dann muss Paulo ran!"

Er hörte das Bellen eines Hundes. Als er nur noch etwa zwanzig Meter bis zur Spitze des Hügels hatte, wurde aus dem Bellen ein Knurren. Ricardo erreichte die Spitze des Hügels und musste grinsen: fünzig Meter weiter lag Gonçales und wurde von einem großen schwarzen Hund bewacht, der bedrohlich die Zähne bleckte.

„Hau ab, du blödes Vieh!", brüllte Gonçales.

Doch die Dogge dachte nicht daran, von ihrem Opfer abzulassen.

Als Ricardo die beiden wenige Augenblicke später erreichte, war er froh, dass er sich nicht vor Hunden fürchtete. Und er wusste, wie man mit ihnen umgeht.

Er blickte der Dogge fest in die Augen und befahl mit klarer lauter Stimme: „Senta!". Der Vierbeiner knurrte ein letztes Mal, setzte sich zunächst neben sein Opfer und trollte sich schließlich von dannen.

Der Zweibeiner war weder beeindruckt noch dankbar. Im Gegenteil.

„Hände weg, du Scheißbulle. Portugal ist ein freies Land und seit wann ist eine Fahrradtour verboten?"

Ricardo war zwar etwas außer Atem, schaffte es aber, dem am Boden Liegenden den Arm auf den Rücken zu drehen.

„Niemand hat etwas dagegen, dass du eine Fahrradtour machst. Aber erst einmal beantwortest du uns einige Fragen. Steh auf! Oh, was haben wir denn da?"

Ricardo hob die Geldbörse auf, die Gonçales beim Sturz aus dem Jackett gefallen war.

„Kreditkarten und die Identitätskarte von Rodrigues. Na, ich glaube, deine Fahrradtour muss nun doch etwas länger warten. Komm mit! Wir gehen jetzt erst einmal zu deinem Haus zurück. Die Fahrräder schieben wir."

Ricardo rümpfte die Nase, als er das Jackett an sich nahm. Die letzte Reinigung lag schon länger zurück. Als Ricardo nach einer guten Viertelstunde mit dem humpelnden und vor sich her fluchenden Gonçales an dessen Haus eintraf, wartete Paulo bereits auf sie. Ricardo hatte ihn gleich darüber informiert, dass er den Flüchtenden eingeholt und festgenommen hatte.

Die drei Männer setzten sich an den alten wackligen Küchentisch. Gonçales fluchte immer noch. Aus seinem rechten Knie floss ein kleines Rinnsal Blut das Bein hinab.

Ricardo gab ihm ein Taschentuch und Paulo die Geldbörse.

„Die gehörte ohne Zweifel Rodrigues. Die beiden Kreditkarten sind auf seinen Namen ausgestellt und hier ist seine Identitätskarte. Außerdem schau mal hier: Siehst du das eingeprägte A.R.: Afonso Rodrigues."

„Ja, das ist eindeutig. So, Herr Gonçales. Jetzt sagen sie uns einmal, wo sie die Geldbörse herhaben."

„Was geht euch das an? Ich sehe die Geldbörse zum ersten Mal. Die habt ihr mir doch untergeschoben. Ihr wollt doch nur den Protest gegen das Ferienanlagen-Projekt und gegen die Profitgier kriminalisieren. Scheiß Polizeistaat!", stieß Gonçales hervor und rieb sich seinen schmerzenden Arm.

Er zeigte auf Ricardo: „Und dich zeige ich an. Du hast mir die Schulter ausgekugelt. Ich lass mir doch nicht alles bieten von euch Scheißbullen!"

Paulo wurde langsam sauer: „Erzähl nicht so einen Mist. Hier gibt es keine Scheißbullen, sondern nur Polizisten, die einen Mord aufklären. Und du hast dich gerade in der Liste der Verdächtigen ganz weit nach oben katapultiert. Also ist es besser, du sagst uns gleich die Wahrheit. Wo hast du die Geldbörse her?"

„Dass du am Tatort warst, wissen wir von den Videoaufzeichnungen der Nacht", ergänzte Ricardo.

Gonçales blickte auf sein immer noch leicht blutendes Knie. Er begriff, dass ein Leugnen seiner

Anwesenheit auf dem Gelände keinen Sinn mehr machte.

„Schon gut. Ja, ich war da. Wir haben die Transparente gegen diese Profitgeier in der Nacht aufgehängt. Aber mit dem Mord an Rodrigues haben wir nichts zu tun. Wir waren so gegen Mitternacht weg. Da war nichts. Wars das jetzt? Ich habe noch zu tun!"

Ricardo war sauer. Der Typ nervte ihn. Außerdem musste er seine Schuhe heute schon wieder putzen.

„Ich will dir mal sagen, wie es war: Ihr habt die Transparente aufgehängt und da hat euch Rodrigues überrascht. Ausgerechnet Rodrigues, das „Kapitalistenschwein" in euren Augen. Da habt ihr ihn einfach abgestochen. Und die Geldbörse mitgehen lassen. Da war doch bestimmt neben den Karten auch noch Geld drin, das ihr gut gebrauchen konntet. Geld regiert doch die Welt im bösen Kapitalismus."

„Du spinnst wohl, Bulle! Auch wenn das nicht in dein Weltbild passt. Wir setzen uns für eine bessere Gesellschaft ein und gegen die Umweltzerstörung und das Profitdenken. Da bringen wir doch niemanden um. Auch nicht so ein Arschloch wie Rodrigues."

„So kommen wir nicht weiter", griff Paulo ein. „Ein letztes Mal: Wo hast du die Geldbörse her? Und sag uns jetzt endlich die Wahrheit. Dir ist doch hoffentlich klar, dass du im Augenblick unser Hauptverdächtiger bist."

Gonçales schluckte. Ihm wurde bewusst, in welcher Lage er war.

„Es war wirklich so. Wir haben kurz vor Mitternacht das Gelände verlassen. Da haben wir nichts bemerkt. Von Rodrigues keine Spur. Ich bin dann aber am nächsten Morgen so kurz vor sieben Uhr noch einmal zum Tavisal-Gelände. Ich wollte sehen, ob die Transparente noch hängen, bevor ich die Presse informiere. Das wäre sonst ja echt peinlich gewesen. Und da habe ich in dem Gebüsch am Eingang die Geldbörse gesehen. Ich habe die dann aufgehoben und bin schnell abgehauen. Das ist die Wahrheit."

„Das sollen wir dir glauben? Und den toten Rodrigues hast du nicht da zufällig liegen gesehen?", hakte Ricardo nach.

„Und wo warst du zwischen Mitternacht und sieben Uhr morgens?", wollte Paulo wissen.

„Rodrigues habe ich nicht gesehen. Ich bin ganz schnell mit der Geldbörse abgehauen, ohne mich weiter umzusehen. Das habe ich doch schon gesagt. Es wurde ja schon hell und ich wollte nicht, dass mich jemand sieht. Zwischen kurz nach Mitternacht und sieben Uhr, also halb sieben war ich hier. Um halb sieben bin ich nach Santa Luzia losgefahren."

„Alleine, nehme ich an?", wollte Ricardo wissen.

„Ja, ich war alleine."

„Ich fasse einmal zusammen", sagte Ricardo: „Du warst am Tatort: nicht einmal, sondern zweimal. Du hast ein Motiv und du hast kein Alibi. Was glaubst du, wie das aussieht? Ich bin mir sicher, dass wir auch die Mordwaffe hier finden, wenn wir etwas intensiver suchen. Oder verrätst du uns gleich, wo du das Messer versteckt hast."

„Ihr spinnt doch. Ich war das nicht. Bitte, ihr könnt gerne das ganze Haus durchsuchen."

„Das werden wir auch tun. Darauf kannst du dich verlassen. So lange kommst du jetzt aber erst einmal mit zu uns nach Tavira. Dann sehen wir weiter", sagte Paulo.

Sein Handy klingelte. Es war Isabel.

„Paulo? Vitoria hat mich gerade angerufen. Sie war sehr aufgeregt. Raul hat sie wohl noch einmal ziemlich übel geschlagen. Und dann hat sie noch gesagt, dass Raul schon vor dem Tod von Rodrigues etwas von ihrem Verhältnis gewusst haben muss. Seid ihr noch in Santo Estevão?"

„Wir fahren gerade los und nehmen Gonçales mit. Ich denke, wir sind in etwa zwanzig Minuten in Tavira. Dann soll sich Ricardo um Gonçales kümmern und wir fahren gleich zu Vitoria."

„Gut", antwortete Isabel. „Und ich habe da noch etwas Merkwürdiges in den Bankunterlagen von Rodrigues gefunden."

„Das kannst du mir dann auf dem Weg zu Vitoria erzählen", stoppte Paulo ihren Redefluss. Er wollte nicht, dass Gonçales zu viel mitbekam.

13

„Was ist denn jetzt schon wieder? Kann ich denn nicht einmal wenigstens ein paar Minuten ungestört arbeiten?"

Simão Mendes sah seine Sekretärin ungehalten an.

„Ich hatte sie doch gebeten, mich nicht zu stören, nachdem ich schon eine halbe Stunde Francisco Garrido beruhigen musste. Der alte Mann ist nach dem Tod von Rodrigues jetzt doch voller Sorge, dass der ganze Deal mit der O Turismo S/A platzt und die erwarteten Millionen für seine letzten Lebensjahre futsch sind."

„Es tut mir leid, Herr Mendes. Aber ich habe Senhora Pedrina Martins aus Lissabon in der Leitung. Sie möchte sie dringend sprechen. Sie sagt...."

„Ich kann mir denken, was sie sagt. Dann stellen sie Senhora Martins eben durch. Und bringen sie mir noch eine Bica."

Seine Sekretärin huschte rasch aus dem Büro. Mendes atmete erst einmal tief durch. Bis zum vergangenen Sonntag war alles halbwegs planmäßig mit dem Verkauf des Geländes verlaufen. Natürlich gab es die üblichen Proteste von Umweltleuten und bei einigen Lokalpolitikern mussten sie auch noch Überzeugungsarbeit der unterschiedlichsten Art leisten. Der Tod von Rodrigues war dabei ein echter Rückschlag. Denn gerade für diese Art der „Überzeugungsarbeit" war der genau der richtige Mann.

Dass die Chefetage der O Turismo S/A in Person der Vizepräsidentin sich jetzt für diese Angelegenheit interessierte und mit ihm sprechen wollte, machte die ganze Sache auch nicht leichter.

Mendes rückte einige Unterlagen auf seinem hellen ausladenden Schreibtisch von links nach rechts, atmete noch einmal kräftig durch, straffte sich in seinem pompösen ledernen Schreibtischstuhl und nahm den Telefonhörer ab.

„Bom dia, Senhora Martins. Schön von ihnen zu hören. Wie gehen die Geschäfte in Lissabon?"

„Danke der Nachfrage, Herr Mendes. Darüber wollte ich mich mit ihnen aber nicht austauschen. Können sie mir bitte einmal erklären, was da bei ihnen in Tavira los ist?"

Die gefühlte Temperatur im Büro von Mendes fiel schlagartig unter den Gefrierpunkt.

„Und dann sagen sie mir bitte auch gleich, was sie tun werden, um diese unsägliche Presseberichterstattung in den Griff zu bekommen", fuhr die Vizepräsidentin fort. „Ich höre."

Mendes erkannte: Seine beliebte Strategie, mit Gegenfragen Zeit zu gewinnen würde hier nicht weiterhelfen.

„Ja, das ist alles nicht sehr erfreulich, Frau Vizepräsidentin. Sowohl der gewaltsame Tod des Herrn Rodrigues als auch die Presseberichterstattung. Ich bin aber in engem Kontakt mit der Polícia

Judiciária und werde gleich noch mit der Presse sprechen und diese Andeutungen über Schmiergeldzahlungen aus der Welt schaffen."

Seine Sekretärin betrat das Büro und stellte die Bica auf den Schreibtisch. Mendes nickte ihr kurz zu und machte mit einer Handbewegung klar, dass sie den Raum umgehend verlassen sollte. Überflüssigerweise. Denn diese war nicht erpicht darauf, auch nur eine Sekunde länger als nötig bei ihrem schlecht gelaunten Chef zu bleiben.

„Machen sie das. Und sorgen sie vor allem dafür, dass der Name unseres Unternehmens aus dieser Sache rausgehalten wird. Bei unserer Pressestelle hat schon so eine Redakteurin von Tavira de Manhã angerufen. Und warum ist Rodrigues jetzt tot? Und wieso gelangen eigentlich diese Umweltleute so einfach auf das Firmengelände und können in aller Seelenruhe Transparente aufhängen? Haben sie schon einmal das Wort Sicherheitsdienst gehört?"

„Ja, natürlich Frau Präsidentin. Wir haben die Aufnahmen unserer Videoüberwachung bereits der Polizei zur Verfügung gestellt. Die vernehmen jetzt die drei Aktivisten, die in der Tatnacht die Transparente aufgehängt haben. Wenn die etwas mit dem Mord zu tun haben, wäre das ja gar nicht schlecht für unser Projekt. Sie verstehen sicherlich, wie ich das meine."

„E verdade! Das stimmt!"

Mendes hatte das Gefühl, dass die Temperatur zumindest wieder knapp über dem Gefrierpunkt angekommen war. Doch er wusste, dass sich dies ganz schnell wieder ändern konnte. Deshalb setzte er hinzu: „Natürlich ist der Tod von Herrn Rodrigues zum jetzigen Zeitpunkt sehr ärgerlich, wo wir doch schon so weit gekommen sind. Aber es gibt ja auch noch andere hervorragende Immobilienmakler und Projektentwickler an der Algarve. Ich werde da sehr kurzfristig Gespräche führen, um ihnen einen Nachfolger vorzuschlagen."

„Gut, dass können sie dann ja mit ihrem Ansprechpartner bei uns besprechen. Noch etwas anderes: Was ist denn jetzt mit den 100.000 Euro in bar, die Herr Rodrigues und sie so dringend für Sonderausgaben wollten? Ich hoffe, der Mord hat damit nichts zu tun. Oder hatte Herr Rodrigues gar das Geld bei sich, als er ermordet wurde?"

Die gefühlte Temperatur im Raum sank erneut deutlich unter den Gefrierpunkt. Die Bica von Mendes war schon längst kalt.

„Da kann ich sie beruhigen. Die 100.000 Euro sind sicher bei mir im Tresor", log Mendes.

„Beruhigt bin ich erst, wenn das alles bei ihnen vom Tisch ist. Ich erwarte ab sofort tägliche Berichte! Und noch einmal: Die O Turismo S/A darf auf keinen Fall mit all diesen unangenehmen Angelegenheiten in Verbindung gebracht werden. Es gibt eine Reihe von touristischen Projekten an der Algarve, in die wir investieren können. Es muss nicht Santa Luzia sein. Adeus!"

Simão Mendes nahm einen Schluck von seiner Bica. Er fröstelte. Erst vor drei Monaten hatte er sich ein großes neues Haus in bester Strandlage in

Manta Rota gekauft. Auch wenn Rodrigues ihm einen guten Preis gemacht hatte, brauchte er die Prämie, die er bei einem erfolgreichen Verkauf des Tavisal-Geländes erhalten würde. Noch wichtiger aber war, dass tatsächlich wieder 100.000 Euro in seinem Tresor lagen. Und nicht nur 75.000 Euro.

Und dann fiel ihm siedend heiß ein, dass er noch ein weiteres großes Problem aus der Welt schaffen musste.

14

Es war Viertel vor eins als Paulo und Isabel in die
Rua Leite de Vasconcelos Linguista in Cabanas ein-
bogen.

Fast völlige Stille lag über dem Neubaugebiet.
Nur das Zwitschern der Vögel war zu hören. Auf der
Straße oder auf den Rasenflächen spielten keine
Kinder, ganz anders als am gestrigen Tag. Auch
Bento und Marcelo mussten noch in der Schule
sein oder auf dem Weg nach Hause. So hatten sie
das Drama glücklicherweise nicht miterleben müs-
sen.

Vitoria öffnete die Tür. Sie hatte die beiden Kommissare schon vom Balkon ihrer Wohnung gesehen. Sie sah fürchterlich aus. Ihr linkes Auge war
grün und blau. Vitoria drückte ein Handtuch mit
Eiswürfeln dagegen. Ihre Lippen waren aufgeplatzt.

Isabel war geschockt und auch Paulo ging der
Anblick an die Nieren, auch wenn er in seinem langen Berufsleben schon so einiges gesehen hatte. Er
machte sich Vorwürfe, dass sie Vitoria mit ihrem
Mann allein gelassen hatten. Raul war doch gewalt-
tätiger als er vermutet hatte.

„Bom dia, Vitoria. Wie geht es ihnen? Hat Raul
ihnen das angetan? Und wo ist er jetzt?"

Paulo blickte sich in dem Zimmer um: Ein zerbrochenes Rotweinglas lag auf dem Boden und hatte einen großen roten Fleck auf den karamellfarbenen Fliesen hinterlassen. Paulo hoffte zumindest, dass es eine Rotweinlache war. Die Sofakissen lagen auf dem Boden, eine Vase war aus dem Regal an der Wohnzimmerwand gefallen. Die Scherben lagen zerstreut herum.

„Wollen wir uns nicht setzen?", fragte Isabel und sammelte die Kissen zusammen. Vitoria nickte schwach. Die beiden Frauen setzten sich auf das Sofa. Paulo nahm auf dem Sessel auf der anderen Seite des Couchtisches Platz.

„Wo sind Bento und Marcelo?", fragte Isabel.

„Die beiden sind in der Schule."

Das Sprechen fiel Vitoria hörbar schwer.

„Erzählen sie uns doch bitte, was passiert ist", bat Isabel so einfühlsam wie nur möglich.

„Mir ist heute Morgen eingefallen, dass Raul bei unserem Streit gestern so eine Bemerkung gemacht hat. So in die Richtung, dass er schon vorher von der Sache mit Rodrigues wusste. Als ich ihn gefragt habe, was er damit meint, ist er völlig durchgedreht. Hat rumgeschrien und mich bedroht. Wissen sie: Er hatte schon ganz schön was getrunken. Und dann wird er immer unberechenbar."

Vitoria stockte und sah mit leerem Blick auf die halb leere Rotweinflasche, die auf dem Tisch stand.

„Und was ist dann passiert?"

„Er hatte einen Detektiv auf mich angesetzt und der hat ihm Ende letzter Woche von mir und

Rodrigues erzählt. Und der Detektiv hat noch etwas von anderen Affären gesagt, von denen er wüsste. Das ist aber gelogen."

„Und dann hat Raul sie so zugerichtet?"

„Ja. Nein. Nicht sofort. Er wollte....Ich meine, er ist zudringlich geworden und wollte mit mir schlafen. „Zeig doch mal, wie du es mit Rodrigues und den anderen gemacht hast", hat er mich angeschrien. Ich hatte so eine Angst. Nicht noch einmal. Ich habe mich gewehrt, um mich getreten. Raul hat mich geschlagen und so zugerichtet. Irgendwie habe ich mich dann doch losreißen können und bin ins Badezimmer geflüchtet. Da habe ich mich eingeschlossen. Raul muss irgendwann aus der Wohnung gegangen sein. Dann habe ich sie angerufen. Es ist alles so schrecklich."

Isabel nahm ihre Hand: „Sie können unmöglich hierbleiben. Können sie mit den Kindern irgendwo hingehen?"

„Ich werde gleich meine Mutter anrufen. Die wohnt nicht weit entfernt von hier, in Vila Nova de Cacela. Da gehe ich mit Bento und Marcelo hin. Mit Raul will ich nichts mehr zu tun haben."

„Wissen sie, wo ihr Mann jetzt sein könnte, Frau Perreira?"

Vitoria blickte Paulo an: „Wenn wir früher Streit hatten, ist er immer an die Uferpromenade gefahren, hat sich dort auf eine Bank gesetzt und auf das Wasser gestarrt. Vielleicht ist er ja wieder dorthin."

„Vielen Dank. Da werde ich gleich hinfahren. Isabel bleibt zu ihrem Schutz bei ihnen und ich schicke gleich zwei Polizisten aus Tavira hierher. Am besten sie telefonieren gleich mit ihrer Mutter. Kann sie sie hier abholen?"

Vitoria nickte. Sie blickte Isabel an: „Danke, dass sie hierbleiben. Ich frage gleich meine Mutter, ob sie herkommen kann."

Isabel war schon etwas mulmig bei dem Gedanken, dass Raul plötzlich wieder vor der Tür stehen könnte. Aber sie konnten Vitoria jetzt auf keinen Fall allein lassen.

Die Zweiundzwanzigjährige griff sicherheitshalber an den kühlen Griff ihrer Dienstwaffe. Bisher hatte sie diese noch nie einsetzen müssen.

*

Das Wasser zwischen der Uferpromenade von Cabanas und der gegenüberliegenden Ilha de Cabanas glitzerte in der Mittagssonne. Ein Reiher stolzierte am Uferrand der vorgelagerten Insel mit den schönen Stränden hin und her.

Paulo hatte allerdings keinen Blick für diese Idylle. Er steuerte seinen Renault langsam über das Kopfsteinpflaster der Uferpromenade und nahm jede Bank in Augenschein.

Erfolglos. Die meisten waren leer oder es saßen ältere Männer auf den Bänken und schwatzten in der Sonne.

Paulo machte sich zunehmend Sorgen. War Raul doch nicht hier und in die Wohnung von Vitoria zurückgekehrt? Zwar traute er seiner Kommissaranwärterin zu, mit Raul fertig zu werden. Und im

Schießtraining war sie immer eine der Besten. Andererseits war der Ehemann von Vitoria unberechenbar. „Hoffentlich sind die Kollegen aus Tavira schnell vor Ort."

Paulo fuhr langsam weiter und dann, fast am Ende der Uferpromenade, auf der vorletzten Bank sah er Raul. Eine halb leere Flasche Sagres stand auf dem Boden neben der Bank, auf der er saß: kein Sagres Mini mit 0,2 oder 0,25 Litern Inhalt, sondern praktischerweise eine Literflasche.

Raul wollte gerade ein paar weitere Schlucke daraus nehmen.

„Hören sie auf zu trinken. Ich glaube, sie haben schon mehr als genug", rief Paulo, als er in Hörweite war.

Raul drehte sich um. Er blickte Paulo aus leeren, leicht glasigen Augen an und setzte die Flasche ab. Er machte keine Anstalten wegzulaufen. Dazu war er auch kaum noch in der Lage.

„Ah, der Herr Kommissar! Was..., was kann ich denn für sie tun?"

„Wir haben gerade mit ihrer Frau gesprochen. Gestern haben sie noch beteuert, dass sie es noch einmal mit ihr versuchen wollen. Und jetzt das. Das war Körperverletzung und versuchte Vergewaltigung heute Morgen, Herr Perreira. Dafür gehen sie ins Gefängnis."

„Gestern war gestern. Und heute ist heute. Wissen sie was? Ich schufte mich ab. Ich will meiner Familie ein gutes Zuhause geben. Glauben sie, der Job des Sagres-Vertreters ist einfach in dieser Zeit?

Und als Dank geht meine Frau mit einem Greis ins Bett. Pfui Teufel!"

Raul spuckte aus und verfehlte Paulo haarscharf.

„Und der war weiß Gott nicht der Einzige. So eine Schlampe. Die hat´s doch mit jedem..., ach egal!"

Raul setzte die Bierflasche erneut an.

Paulo nahm sie ihm aus der Hand.

„Das reicht jetzt. Ihre Frau hat uns erzählt, dass sie einen Detektiv auf sie angesetzt haben und deshalb schon seit Ende letzter Woche von ihrem Verhältnis zu Rodrigues wussten. Wieso haben sie mir das nicht schon gestern erzählt?"

„Wieso...wieso? Dann hätten sie doch sofort geglaubt, dass ich etwas mit dem Tod von diesem Kerl zu tun habe."

„Und, haben sie?"

Raul sah Paulo an und blickte dann an ihm vorbei auf das Wasser und die Ilha de Cabanas. Nach einer Weile antwortete er.

„Es stimmt, ich bin froh, dass der Kerl tot ist und ja, ich habe wirklich darüber nachgedacht, ihn umzubringen. Aber es war dann wohl jemand schneller. Vielleicht einer, der das Gleiche wie ich erlebt hat. Ich habe ihnen doch gestern schon gesagt, dass ich in Monte Gordo war, Herr Kommissar, geschäftlich. Warten sie mal."

Raul griff in seine linke hintere Hosentasche, fummelte mühevoll seine Geldbörse heraus und öffnete sie.

„Sehen sie hier, das ist der Zahlungsbeleg der Übernachtung vom 3. auf den 4. März. Das war doch die Mordnacht, oder?"

Paulo nickte und sah sich den Beleg des Hotels Yellow Praia an, ein großer Touristenkasten, von denen es in Monte Gordo einige gab.

„Okay, wir werden das überprüfen. Und jetzt nehme ich sie mit nach Tavira. Unsere Kollegen werden sie zum Vorwurf der Körperverletzung und der versuchten Vergewaltigung befragen. Und wir haben mit Sicherheit auch noch ein paar Fragen an sie."

Raul nickte resigniert und ging zusammen mit Paulo zu dessen Wagen.

„Von mir aus. Mein Leben ist sowieso hinüber."

15

„Was sie mir hier unterstellen, ist eine bodenlose Unverschämtheit! Und jetzt verlassen sie bitte sofort mein Büro, Herr Silva! Unser Treffen ist beendet!"

Simão Mendes hatte dem Journalisten das Gespräch vorgeschlagen. Denn das Tourismus-Projekt brauchte jetzt eine gute Presse und musste nach dem Mord an Rodrigues wieder in ruhigeres Fahrwasser kommen. Die immer wieder auftauchenden Gerüchte, es ginge nicht mit rechten Dingen zu und Schmiergelder seien im Spiel, mussten endlich aufhören.

Tomas Silva hatte dem Gespräch sofort zugestimmt.

Mendes hatte sich gut vorbereitet und für den Journalisten extra eine Übersicht mit den wichtigsten wirtschaftlichen Vorteilen des Projektes erstellt. Er hatte aus der gegenüberliegenden Pastelaria Tavirense ein paar Kuchenstücke bringen lassen, um für eine angenehme Gesprächsatmosphäre zu sorgen.

Zwar rührte der Journalist zunächst nichts davon an. Das Gespräch hatte aber entspannt begonnen. Sehr schnell entwickelte es sich aber in eine Richtung, die Mendes überhaupt nicht gefiel.

Der Tavisal-Geschäftsführer musterte Silva. Der lümmelte sich betont lässig in dem bequemen Ledersessel in der Sitzecke seines Büros. Seine ungekämmten schwarzen Haare hätten mal wieder der Behandlung eines guten Cabeleireiro bedurft, fand Mendes. Silvas kariertes Hemd spannte ein wenig über seinem Bauchansatz, nicht gerade ein modischer Blickfang.

„Herr Mendes, lassen sie es mich einmal so formulieren: Man hört, dass sie ein sehr gutes Verhältnis zu ihrem Verhandlungspartner Rodrigues, oder sollte ich besser sagen, ihrem Freund Rodrigues hatten. Was bedeutet denn der Mord an Herrn Rodrigues für das Projekt? Ist der Verkauf jetzt gefährdet? Und glauben sie, dass der Mord etwas mit dem Projekt zu tun hat?"

Mendes überlegte kurz und wählte seine Worte mit Bedacht.

„Herr Silva, was meinen sie denn damit? Ich hatte eine gute, rein geschäftliche Beziehung zu Herrn Rodrigues. Woher soll ich wissen, ob Herr Rodrigues wegen des Projektes umgebracht wurde? Ihnen ist doch auch bekannt, dass zum Zeitpunkt des Mordes drei Umweltschützer auf unserem Gelände waren. Mehr möchte ich dazu nicht sagen. Ich vertraue darauf, dass die Polícia Judiciária den oder die Täter schnell fasst. Eines ist aber klar. Der überaus bedauernswerte Tod von Herrn Rodrigues wird das Projekt in keinster Weise tangieren oder gar verhindern. Ihnen ist ja als gut informierter Journalist bekannt, dass wir im intensiven Kontakt mit der Verwaltung und den Politikern in Tavira stehen, um alle notwendigen Genehmigungen zu erhalten. Der Termin morgen zur Vorstellung unserer einzigartigen Brückenkonstruktion von der Ferienanlage zum Strand findet selbstverständlich statt. Ich würde mich freuen, wenn sie oder jemand aus ihrer Redaktion dabei sein könnte und sie fair darüber berichten. Tatsache ist doch, dass es sich um ein wichtiges Zukunftsprojekt für die Region handelt. Wenn nicht sogar das wichtigste der letzten Jahrzehnte. Es wird zu einem Aufschwung des Tourismus an der gesamten Ostalgarve führen und viele Arbeitsplätze schaffen. Schauen sie einmal hier auf die Grafiken. Ich habe extra für sie die wichtigsten wirtschaftlichen Eckdaten noch einmal zusammengestellt."

Mendes reichte Silva eine farbige Din-A-4-Seite. Der nahm sie entgegen, warf einen kurzen Blick drauf und legte sie auf den vor ihm stehenden Glastisch.

Mendes war etwas enttäuscht. Er hatte sich eigentlich interessierte Nachfragen zu den Daten erhofft.

„Und die Eingriffe in das Naturschutzgebiet?", fragte Silva stattdessen.

„Natürlich sind Eingriffe notwendig, wie bei jedem Infrastrukturprojekt. Aber wir werden da so schonend wie möglich vorgehen. Wir haben bereits ein Umweltgutachten beauftragt, dessen Ergebnisse wir in der nächsten Woche erwarten. Ich würde ihnen das Gutachten gerne vorab übermitteln. Dann könnte die Tavira de Manhã exklusiv darüber berichten."

„Danke für das Angebot. Darüber können wir gerne reden, wenn das Gutachten fertig ist", erwiderte Tomas Silva pflichtschuldig.

„Lassen sie mich aber doch noch einmal auf ihr Verhältnis zu Herrn Rodrigues zurückkommen. Man hört ja so manches. Haben sie sich eigentlich schon gut eingelebt in ihrem neuen schönen Haus in Manta Rota? Stimmt es, dass Herr Rodrigues ihnen das verkauft hat? Das Haus hat ja sicherlich eine Menge Geld gekostet."

„Danke der Nachfrage, Herr Silva. Es ist wirklich ein schönes Haus und wir sind sehr glücklich damit. Schön, dass sie sich Gedanken über meine Finanzen machen. Auch wenn es sie eigentlich gar nichts angeht, kann ich sie beruhigen. Der Preis war in Ordnung und für mich und meine Frau gut finanzierbar. Und sie wissen sicherlich auch, dass sie kaum an Herrn Rodrigues vorbeikommen, wenn sie hier an der Küste ein etwas besseres Objekt erwerben möchten."

„Ja, da haben sie recht. Und es geht mich ja auch wirklich nichts an", entgegnete Silva jovial.

„Reden wir lieber über das Ferienanlagenprojekt."

Mendes entspannte sich wieder etwas. Vielleicht war die Frage nach dem Haus in Manta Rota doch nur ein Schuss ins Blaue gewesen.

Doch Silva zog die Schlinge langsam enger.

„Man hört ja immer wieder, dass es bei Projekten dieser Größenordnung sehr schwierig ist, die notwendigen Genehmigungen zu erhalten. Immer gibt es Bedenkenträger, die gegen große Veränderungen sind. Und dann noch die Umweltschützer. Ich nehme einmal an, dass die O Turismo S/A das Gelände nur kauft, wenn sicher ist, dass die Genehmigungen für die Bebauung auch erteilt werden. Da könnte man dann doch mit - ich nenne es einmal „besonderen Argumenten" - nachhelfen…"

Mendes beugte sich ein wenig vor und sah dem Journalisten direkt in die Augen.

„Ich bin ihnen sehr dankbar, dass sie dieses Thema ansprechen, denn da ist doch so einiges an absurden Gerüchten zu hören. Auch ihre Zeitung schreibt ja so hin und wieder darüber. Das ist alles absoluter Unfug. Wir wollen und wir werden die Entscheidungsträger mit Sachargumenten überzeugen. Wir handeln zu einhundert Prozent im Rahmen der geltenden Gesetze."

Tomas Silva ließ die Worte kommentarlos im Raum stehen. Er griff in seine hintere Hosentasche, holte ein Papier heraus, faltete es auseinander und reichte es Mendes.

„Und wie passt diese Vereinbarung zwischen Herrn Rodrigues und ihnen dazu?"

Mendes warf einen Blick auf das Papier. Ihm brach der kalte Schweiß aus. Es herrschte absolute Stille in seinem Büro. Umso deutlicher hörte er seinen sich rasch beschleunigenden Herzschlag. In seinen Ohren sauste es, als ob ein ganzer Bienenschwarm dort unterwegs war.

Mendes erkannte sofort, was das für ein Papier war.

Rodrigues und er hatten sich geeinigt, von den Schmiergeldern, die die O Turismo S/A zur Verfügung stellte, einen Teil abzuzweigen und im Verhältnis drei zu eins zugunsten von Rodrigues aufzuteilen. Dafür hatte dieser bei dem Haus in Manta Rota einen erheblichen Preisnachlass gewährt. Rodrigues hatte darauf bestanden, diese Einigung schriftlich zu dokumentieren und unterzeichnen zu lassen.

Mendes Blick verharrte auf dem Papier. Er überlegte fieberhaft, wie er aus dieser Situation herauskommen könnte.

Das Papier zerreißen und herunterschlucken?

Sinnlos. Silva hatte bestimmt noch mehrere Exemplare davon.

Silva mit Geld zum Schweigen bringen? So wie er den Journalisten einschätzte, würde der sich nicht bestechen lassen.

Der sah ihn jetzt erwartungsvoll an.

Mendes blickte erneut auf das Schreiben. Kein Zweifel, es war der Text der Vereinbarung. Aber...

Simão Mendes entspannte sich etwas, als er bemerkte, dass die Unterschriften fehlten. Es war nicht das Original. Es war nicht einmal eine Kopie des Originals.

Er ging zum Gegenangriff über.

„Ich kenne dieses Schreiben nicht. Das kann doch jeder auf seinem PC geschrieben haben. Vielleicht waren sie es sogar selbst. Was sie mir hier unterstellen, ist eine bodenlose Unverschämtheit! Und jetzt verlassen sie bitte sofort mein Büro, Herr Silva! Unser Treffen ist beendet!"

Tomas Silva blieb gelassen in seinem Sessel sitzen. Jetzt nahm er sich ein Stück von dem köstlichen Aprikosenkuchen und biss genussvoll hinein.

„Wie sie meinen, Herr Mendes. Aber was glauben sie, was die Polícia Judiciária dazu sagen wird, wenn sie diese Vereinbarung sieht. Wer weiß: Vielleicht kam es ja in der Mordnacht doch zum Streit zwischen ihnen und Herrn Rodrigues. Und dann war er plötzlich tot."

„Das ist doch absurd, Herr Silva. Ich sage ihnen zum letzten Mal: Das Schreiben ist nicht von mir. Und wenn sie etwas anderes in ihrer Zeitung behaupten, werden sie es mit meinen Anwälten zu tun bekommen. Und jetzt gehen sie, bevor ich sie von der Polizei rausschmeißen lasse."

„Wie sie wollen, Herr Mendes. Vielen Dank für Kaffee und Kuchen."

Tomas Silva schob sich den Rest vom Kuchenstück in den Mund, stand in aller Ruhe auf und verließ mit einem zufriedenen Grinsen gemächlich das Büro.

Simão Mendes blieb einen Augenblick lang regungslos auf seinem Sessel sitzen. Die Gedanken rasten in seinem Kopf. „Was mache ich jetzt nur? Woher hat dieser Kerl die Vereinbarung? Ich kann mir schon vorstellen, wer ihm das gegeben hat. Darum kümmere ich mich später. Ich brauche jetzt unbedingt das zweite unterschriebene Original. Mit dem Ausdruck kann dieser Silva nichts anfangen."

Er ging zum Safe und schloss ihn auf. Da lag sein Exemplar.

„Das verbrenne ich nachher."

Das zweite unterschriebene Exemplar war mit Sicherheit noch bei Rodrigues versteckt.

„Hoffentlich hat die Polizei das Arbeitszimmer von ihm noch nicht so gründlich durchsucht. Aber wenn sie die Vereinbarung gefunden hätten, wäre dieser Kommissar Carvalho bestimmt schon bei mir auf der Matte gestanden. Ich kann mir vorstellen, wo der Alte das Papier versteckt hat."

Mendes gelang es seine Gedankenströme zu kanalisieren. Er wusste, was zu tun war. Es war seine einzige Chance aus der Sache unbeschadet herauszukommen. Und er musste es schnell tun.

16

Es war kurz vor halb acht, als Paulo das „Casa de Pasto Justo" betrat. Suchend blickte er durch den vollbesetzten Gastraum. In der hintersten Ecke erspähte er noch einen freien Tisch, den er zielstrebig ansteuerte.

„Wenigstens hier habe ich Glück", dachte er. Der Tag war nicht nur komplett anders verlaufen als noch am Vorabend gedacht. Er war auch nicht sonderlich gut verlaufen. Wegen der dramatischen Zuspitzung bei den Perreiras hatte sich zeitlich alles verschoben. Luis Oliveira konnten sie erst um 16.00 Uhr vernehmen. Auch Manuel Gonçales und Raul Perreira hatten sie noch einmal intensiv befragt. Mit Raul Perreira gab es zwar einen Hauptverdächtigen, aber nachweisen konnte man dem Sagres-Vertreter nichts.

Zu allem Überfluss hatte sich dann noch Antonio Teixeira, sein Chef aus Faro, gemeldet und sich nach dem Stand der Ermittlungen erkundigt. Teixeira war zwar erst vierzig Jahre alt, hatte auf der Karriereleiter aber schon einige Stufen übersprungen und war bereits ziemlich weit oben angekommen. Seit zwei Jahren leitete er die Diretoria do Sul, die Direktion Süd der Polícia Judiciária. Der ehrgeizige Teixeira sah für sich die letzte Sprosse aber noch lange nicht erreicht. Sein Ziel war eine wichtige und gut bezahlte Position in Lissabon oder noch besser bei Europol in Den Haag. Der Mord an dem bekannten Immobilienmakler Rodrigues kam ihm deshalb sehr gelegen. Allerdings nur dann, wenn der Fall rasch gelöst wurde.

„Sie müssen schnell vorankommen. Wir brauchen Erfolge. Eine wochenlange Ermittlung können wir uns bei diesem prominenten Opfer nicht leisten", hatte er Paulo klargemacht und hinzugefügt: „Ich möchte morgen Mittag um eins zu dem Fall eine Pressekonferenz machen. Bis dahin brauchen wir vorzeigbare Ergebnisse."

„Boa noite!" Paulo hatte gar nicht bemerkt, dass der Wirt vor ihm stand.

„Warten sie noch auf jemanden?"

„Sim, wir sind insgesamt zu dritt. Sie können aber schon einmal Brot, Sardinenpaste, Oliven und Käse bringen und mir ein Caneca, ein großes Sagres vom Fass, por favor."

Paulo hatte ihre Teambesprechung kurzerhand auf halb acht verlegt und Ricardo und Isabel in das Restaurant nach Santa Luzia eingeladen. Die ständigen Zickereien zwischen den beiden missfielen ihm. Er hoffte, dass sich eine Teambesprechung außerhalb der Polizeistation bei einem guten Essen positiv auf das Arbeitsklima auswirken würde.

Das „Casa de Pasto Justo" war bei Portugiesen sehr beliebt. Aus Tavira kommend lag es in einer Kurve direkt am Ortseingang von Santa Luzia. Touristen kamen eher selten, weil es ein Stück von der

Uferpromenade mit den zahlreichen Restaurants entfernt lag. Wenn es wärmer war, wurden vor dem Restaurant weitere Tische im Freien aufgebaut, die alle sofort besetzt waren. Anfang März war es nach Auffassung der Portugiesen mit etwa fünfzehn Grad aber entschieden zu kalt, um draußen zu essen.

Der Wirt war gerade weg, als Ricardo und Isabel eintrafen.

„Boa noite!", begrüßten sie ihren Chef. „Vielen Dank für die Einladung. Das war eine gute Idee nach so einem Tag."

Paulo nickte. „Setzt euch. Das Couvert kommt gleich. Was möchtet ihr essen und trinken?"

Ricardo und Isabel brauchten keine Speisekarte, um sich zu entscheiden. Isabel liebte die gegrillten Sardinen, die fangfrisch auf dem Holzkohlegrill landeten.

Ricardo und Paulo entschieden sich für „Secreto de Porco Preto", das Geheimnis des Schwarzen Schweins. Porco Preto kam ursprünglich aus dem Alentejo, verbreitete sich aber nach und nach im ganzen Land. Das Geheimnis des besonderen Geschmacks: Die Schweine werden im Freien gehalten und ernähren sich vor allem von Eicheln. Nach dem Ende ihres erfüllten Schweinelebens kommen sie dann auf den Holzkohlegrill.

„Ich habe vorhin mit unserem Chef in Faro telefoniert. Der möchte schnellere Ergebnisse von uns", eröffnete Paulo gleich den dienstlichen Teil des Abends.

„Der hat gut reden. Sitzt den ganzen Tag in seinem schönen Büro in der Altstadt von Faro und wir können uns zu dritt den Arsch aufreißen mit der ganzen Arbeit, weil die vierte Stelle schon monatelang nicht besetzt ist", warf Ricardo ein und öffnete die Sardinenpaste.

„Außerdem sind wir in den vergangenen zwei Tagen doch zahlreichen Spuren nachgegangen und haben schon einige Verdächtige", ergänzte Isabel. „Ich würde dem Mann von Vitoria das schon zutrauen. Gewalttätig ist der auf jeden Fall. Und ein Motiv hat er auch. Sein Alibi mit Monte Gordo ist doch sehr dünn. Von da bist du in einer guten halben Stunde in Santa Luzia, erstichst Rodrigues und fährst wieder zurück. Und was ist mit diesem Manuel Gonçales, der abhauen wollte und bei dem ihr das Portemonnaie von Rodrigues gefunden habt? Was hat denn das Verhör ergeben?"

„Das hat uns leider nicht weitergebracht. Seine Story klingt zwar nicht gerade sehr glaubhaft. Aber ausgeschlossen ist sie auch wieder nicht. Zumal Luisa und Antonia bestätigt haben, dass sie alle drei kurz vor Mitternacht das Gelände gemeinsam verlassen haben."

„Er kann aber doch zurückgegangen sein, als die beiden weg waren", warf Isabel ein.

„Warum sollte er, Frau Kommissaranwärterin? Er wusste doch nicht, dass Rodrigues auf dem Gelände ist. Und….."

Der Wirt brachte die Getränke: Ein Vinho Branco da Casa für Isabel und ein Caneca für Ricardo. Sie stießen an. „Saúde!"

„Deine Mutter hat uns gesagt, dass der Täter zu 99 Prozent ein Rechtshänder ist. Gonçales ist aber Linkshänder. Und die Durchsuchung seines Hauses in Santo Estevão hat auch nichts gebracht. Wir haben ihn deshalb gehen lassen müssen."

„Und was ist mit Oliveira?" Paulo hatte die Vernehmung Ricardo überlassen müssen.

„Das halte ich nicht für sehr wahrscheinlich. Der war zwar stinksauer auf Rodrigues, aber ein Mörder? Eher nicht. Zudem hat er ein gutes Alibi. Er hat zuerst das Fußballspiel Portimonense gegen Sporting Lissabon in seiner Stammkneipe in Castro Marim gesehen. Danach hat er noch etwa zwei Stunden mit Freunden über das Spiel und den Drei-zu-eins-Sieg von Sporting diskutiert. Obwohl ich nicht weiß, was es da zu diskutieren gibt. War doch klar, dass Portimonense gegen Sporting keine Chance hat. Gegen Mitternacht ist er nach Hause gefahren. Er hat gesagt, dass seine Frau aufgewacht ist, als er nach Hause kam. Ich werde das aber noch überprüfen."

„Okay. Mach das. Isabel, was ist mit den Barabhebungen, von denen du mir erzählt hast?"

Der Wirt brachte jetzt das Essen, dem sich alle drei erst einmal intensiv widmeten.

Isabel hatte ihre Sardinen als erste aufgegessen. „Von Rodrigues´ Konto sind in den letzten Jahren immer im Februar und August 20.000 Euro in bar abgehoben worden. In diesem Jahr allerdings bisher noch nicht. Das könnten natürlich Schmiergeldzahlungen oder Zahlungen an einen Erpresser sein."

„Oder Alimente", fügte Ricardo grinsend hinzu. „Ich habe übrigens gerade noch mit zwei der drei Frauen von den Sofaaufnahmen gesprochen. Die waren natürlich schockiert, haben aber beide Alibis für die Tatnacht. Die überprüfe ich auch noch, diskret natürlich. Die dritte Darstellerin habe ich noch nicht erreicht. Ich kann mich ja nicht um alles gleichzeitig kümmern."

„Und dann musst du ja auch immer noch deine Schuhe putzen. Wie lästig!"

Isabel blickte spöttisch auf die erneut frisch geputzten Schuhe von Ricardo. Der betrachtete abschätzig Isabels Sportschuhe.

„Tja, jeder wie er möchte. Ich lege eben Wert auf gutes Aussehen!"

„Hört sofort auf!".

Paulo knallte sein Sagres so geräuschvoll auf den Tisch, dass die Gäste am Nachbartisch erstaunt in ihre Richtung blickten.

„Es reicht mir mit eurem Kindergarten hier. Wir sind alle erwachsene Menschen. Wir haben einen schweren Fall mit keiner richtig heißen Spur. Die Öffentlichkeit und unser Chef sitzen uns im Nacken. Wir brauchen dringend Ergebnisse. Wir sind nur zu dritt. Mehr werden wir in nächster Zeit nicht, auch wenn wir uns das alle wünschen. Da müssen wir vernünftig zusammenarbeiten, verdammt noch mal!"

Ricardo und Isabel schauten sich betreten an. So sauer hatten sie ihren Chef noch nie erlebt.

„Ja Paulo, du hast recht. Isabel, tut mir leid, war nicht so gemeint. Wir sind doch schon ganz gut vorangekommen."

„Ist schon okay, Ricardo. Ich finde auch, dass wir schon einiges in der kurzen Zeit herausgefunden haben", glättete Isabel weiter die Wogen.

„Gut. Ich will jetzt keine weiteren Zickereien mehr. Lasst uns mal besprechen, wie wir jetzt weiter vorgehen. Ich fahre morgen noch mal zu Leticia. Vielleicht weiß sie ja was von den Barabhebungen. Ricardo, überprüfe bitte die Alibis von den Frauen und von Oliveira. Isabel, fahre bitte nach Monte Gordo ins Hotel Yellow Praia und überprüfe das Alibi von Raul. Vielleicht hat ihn ja jemand gegen Mitternacht in Monte Gordo gesehen."

„Mach ich. Aber ich bin leider auch noch nicht dazu gekommen zu recherchieren, wer alles Klage gegen Rodrigues eingereicht hat."

„Da kann ich dir helfen. Ich kenne da eine Frau beim Gericht ganz gut."

Isabel verkniff sich eine Bemerkung.

„Obrigada. Darauf komme ich gerne zurück. Und wenn ich dich irgendwo unterstützen kann, sag Bescheid", entgegnete sie stattdessen.

„Dann sollten wir uns morgen Mittag um zwölf Uhr kurz im Präsidium zusammensetzen. Anschließend muss ich dann mit Antonio Teixeira die

Pressekonferenz um ein Uhr vorbereiten. Jetzt möchte ich aber noch ein Caneca. Und ihr?"

Paulo und Ricardo tranken ihr zweites Caneca, Isabel blieb bei Vinho Branco. Paulo bezahlte. Gegen elf Uhr brachen sie gemeinsam auf.

„Paulo schau mal, das ist doch Tomas Silva."

Isabel deutete auf einen Tisch auf der anderen Seite des Lokals, an dem der Journalist mit einem Mann saß, der so um die siebzig Jahre alt sein musste. Tomas bemerkte sie, hob aber nur kurz die Hand zur Begrüßung und sprach dann mit dem Mann weiter, ohne sie zu beachten.

„Merkwürdig", dachte Paulo. "Normalerweise hätte Tomas die Gelegenheit doch genutzt, um uns zu dem Mord zu löchern."

1. Mai 1974

17

„Mario, hilf mir bitte die Stufen hoch". Bruno stützte sich auf die Schultern seines Kameraden und Freundes. Gemeinsam mit Sofia hatten sie sich auf den Weg in den Norden der Stadt gemacht. Sie wollten zum größten Lissabonner Sportstadion. So wie hunderttausende andere Lisboetas auch. Die Straßen und Plätze der Hauptstadt Portugals waren überfüllt. Ganz Lissabon schien auf den Beinen zu sein. An allen Ecken und Enden waren Lieder und Sprechchöre zu hören.

Erst vor sechs Tagen war die Diktatur des Estado Novo nach mehr als vierzig Jahren wie ein Kartenhaus zusammengebrochen. Der Aufstand der Armee hatte die rechte Diktatur von Caetano in weniger als einem Tag hinweggefegt. Caetano und Staats-präsident Thomaz wurden ins Exil nach Madeira ausgeflogen. Die Macht hatte eine siebenköpfige Militärjunta übernommen. Sie wollte als erstes die Bürgerrechte wiederherstellen, eine verfassungsgebende Versammlung einberufen und freie Wahlen vorbereiten. Portugals Zeitungen erschienen erstmals seit Jahrzehnten wieder unzensiert.

An der Spitze der Junta stand António de Spínola, ein Monokel tragender vierundsechzigjähriger General. Er versprach den Portugiesen ein völlig neues Portugal.

Der 1. Mai fiel in diesem Jahr auf einen Mittwoch. Aber niemand arbeitete. Und es musste auch niemand arbeiten. Die Junta hatte den 1. Mai zum nationalen Feiertag erklärt. So konnte endlich auch in Portugal der Tag der Arbeit gefeiert werden. Und das taten die Portugiesen: Lissabon war wie im Rausch. Autos hupten unentwegt. Die Menschen lachten, feierten, umarmten sich und küssten die Soldaten. Sie warfen ihnen rote und weiße Nelken zu.

"Canta canta, amigo canta, komm sing unser Lied, du allein bist nichts, gemeinsam halten wir die Welt in unseren Händen".

Aus tausenden Kehlen erklang das Lied von António Macedo. Und natürlich war auf den Straßen auch „Grândola Vila Morena" zu hören. Das Lied von José Afonso, dass das Startsignal für die Nelkenrevolution gewesen war.

Die Menschen schwenkten Fahnen: Die grünrote portugiesische Nationalflagge und rote Fahnen, viele von ihnen mit Hammer und Sichel, dem Zeichen der Kommunistischen Partei Portugals. Die KP war die einzige Partei in Portugal, die in den Zeiten der Diktatur ihre Parteiorganisation im Untergrund aufrechterhalten hatte. Viele ihrer Mitglieder wurden in den Gefängnissen eingekerkert, gefoltert und umgebracht.

Kinder, ihre Eltern, alte Menschen hielten selbstgemalte Transparente in die Höhe: *„Befreit vom*

Faschismus kämpfen wir für ein besseres Portugal!" - *„Holt unsere Soldaten zurück!"* – *„Stoppt den Kolonialkrieg!"* - *„Freiheit für die Politischen Parteien!".*

Immer wieder skandierten die Menschenmassen: „O povo unido será jamais vencido!" -"Das geeinte Volk wird niemals besiegt!".

Bruno, Mario und Sofia stimmten in die Sprechchöre ein, so kraftvoll es eben ging. Sie hielten sich an den Händen und näherten sich langsam dem Stadion. Es lag mitten in einem Wohngebiet. Auch auf den Balkonen der Häuser waren Transparente zu sehen. Die Bewohner jubelten den Menschen auf der Straße zu.

„Komm, nimm etwas zu trinken. Du siehst erschöpft aus!"

Von einem Balkon reichte eine Frau Bruno ein Glas Wasser herab. „Oder möchtet ihr lieber Wein?"

Bruno nahm das Wasser gerne. Ihm fiel es schwer zu gehen. Sein ganzer Körper schmerzte, ebenso sein Geist – trotz der Freude über die Befreiung. Als vermeintlichen Kopf des Anschlages hatten die Geheimpolizisten ihm besonders zugesetzt und ihn mehrfach in die feuchten und schimmligen Zellen der Kasematten des Gefängnisses gesperrt. Kein Sonnenlicht drang herein. Bruno sah tagelang keine anderen Menschen, hörte keine Geräusche. So wollten sie ihn zermürben.

Die drei waren jetzt am Stadion angekommen und ergatterten auf der Tribüne noch Plätze, von denen aus sie die Redner gut sehen konnten.

„Weißt du Sofia, manchmal habe ich gedacht: Ich komme hier nicht mehr lebend raus. Und wahrscheinlich hätte ich es auch nicht geschafft, wenn es noch länger gedauert hätte. Wenn sich nicht am 26. April am Morgen endlich die Zellentüren geöffnet hätten... "

Bruno liefen die Tränen über das Gesicht. Sofia nahm ihn in den Arm. Auch sie weinte. Mario hielt seine Tränen zurück und strich Sofia liebevoll über das pechschwarze Haar.

„Ich bin schuld am Tod von Fernandez. Wenn ich ihn nicht überredet hätte mitzumachen, würde er noch leben. Ich...."

„Nein Bruno", fiel ihm Mario ins Wort. „Rede nicht so einen Unsinn. Jeder von uns hat für sich selbst entschieden mitzumachen. Wir alle kannten das Risiko. Fernandez ist zu Tode gefoltert worden. Die faschistischen Henkersknechte haben ihn umgebracht!"

Sofia gab Bruno ein Taschentuch. Er wischte sich die Tränen aus den Augen.

„Wir müssen uns um Maria und die beiden Kinder kümmern. Wie geht es ihr?"

Sofia schüttelte den Kopf.

„Nicht gut. Sie ist jetzt mit Almeira und Tomas oft bei ihren Eltern in Estoril. Sie weint den ganzen Tag und..."

Ihre weiteren Worte gingen im lautstarken Jubel und Sprechchören unter. Mario deutete auf zwei Männer: Mário Soares, der neunundvierzigjährige Führer der Sozialistischen Partei Portugals und

Álvaro Cunhal, der elf Jahre ältere Chef der Kommunistischen Partei.

Begleitet vom Jubel der dicht an dicht stehenden Menschen zogen die beiden gemeinsam in das Stadion ein.

Beide waren während der Diktatur mehrfach verhaftet und ins Gefängnis gesteckt worden. Beide hatten ihr Heimatland verlassen müssen. Erst vor wenigen Tagen waren sie aus ihrem Exil zurückgekommen und von den Lissabonnern begeistert begrüßt worden. Soares mit dem Nachtzug aus Paris, Cunhal mit dem Flugzeug aus Prag.

Die beiden Politiker erklommen die Tribüne und stellten sich nebeneinander hinter die Rednermikrophone. Zunächst lauschten sie den Reden zahlreicher Gewerkschaftsvertreter. Ihre Reden sollten dann der Höhepunkt der Kundgebung sein.

Gemeinsam forderten Soares und Cunhal eine Regierung der Einheit von der Mitte bis zu den Sozialisten und Kommunisten.

Jubel brandete auf, als Mário Soares ausrief: „Hier und heute haben wir den Faschismus endgültig besiegt. Dieser Sieg ist der Sieg des Volkes."

„Portugals Zukunft ist nur mit dem Militär und nicht gegen das Militär zu bauen", tönte es aus den Lautsprechern.

Immer wieder wurden die Redner von Sprechchören unterbrochen: „O povo unido será jamais vencido!".

Mario runzelte die Stirn: „Da bin ich mal gespannt, wie lange die Einheit zwischen Sozialisten und Kommunisten noch hält. Und was aus der Bewegung der Streitkräfte wird. Ich kann mir nicht vorstellen, dass Spínola wirklich eine sozialistische Gesellschaft will."

„Zum Kolonialkrieg und zur Zukunft der Kolonien hat der General bisher auch noch nichts gesagt", pflichtete Bruno ihm bei. „Ich bin mir nicht einmal sicher, ob er wirklich die volle Unabhängigkeit der Kolonien will... Mario, Sofia: Ich bin müde und möchte nach Hause. Kommt ihr mit?"

Die beiden nickten. Gemeinsam bahnten sie sich einen Weg aus dem Stadion. Es war noch ein langer Weg bis zu der Wohnung von Bruno in der Alfama. Sieben Stationen mussten sie mit der Metro fahren. An der Station Intendente stiegen sie aus. Als sie endlich durch das Gassenlabyrinth der Alfama Brunos Haus erreicht hatten, umarmte er die beiden zum Abschied.

„Ihr müsst mir versprechen: Wir werden die Mörder von Fernandez finden. Sie müssen ihre gerechte Strafe bekommen. Koste es, was es wolle!"

6. März 2019 –
Nachts und Vormittags

18

Es war stockdunkel. Er konnte nichts erkennen. Nicht einmal seine eigene Hand, auch wenn er sie direkt vor die Augen hielt.

Die Jalousie war vollständig heruntergelassen. So drang kein Mondlicht in das Arbeitszimmer von Afonso Rodrigues.

Simão Mendes verharrte einen Augenblick regungslos in dem Zimmer und lauschte. Es war still - totenstill.

Über das Gitter zu klettern und auf das Gelände zu gelangen war ein Leichtes für ihn gewesen. Wie er erwartet hatte, war die Haustür nicht verschlossen. Portugal ist eines der sichersten Länder der Welt. Da werden die Türen nicht verriegelt, zumindest nicht an der Ostalgarve.

Der Tavisal-Geschäftsführer tastete in seinem kleinen Rucksack nach der Taschenlampe. Als er sie gefunden hatte, schaltete er sie ein. Dann holte er die Handschuhe aus dem Rucksack und streifte sie sich über seine schlanken Hände.

„Ich muss diese verdammte Vereinbarung finden und vernichten, bevor die Polizei sie entdeckt. Sonst bin ich erledigt. Und als nächstes nehme ich mir meine Sekretärin vor. Die hat diesem Silva bestimmt den Ausdruck gegeben. Warum habe ich mich bloß darauf eingelassen, unsere kleine Abmachung schriftlich zu fixieren. Und warum habe ich die dann auch noch auf unserem Firmencomputer geschrieben?"

Mendes ließ den Lichtstrahl der Taschenlampe im Zimmer kreisen, um sich zu orientieren. Er fand sich schnell zurecht. Er kannte das Arbeitszimmer von Rodrigues gut. Die beiden Männer hatten sich schon einige Male hier getroffen. Und sie hatten den einen oder anderen Medronho, den hochprozentigen Schnaps aus den Früchten des Erdbeerbaums, auf ihre gemeinsamen Vorhaben getrunken. Nach drei Medronhos hatte ihm Rodrigues stolz einige „Szenen von seinem Sofa" gezeigt, wie er es nannte.

„Ein widerlicher alter Knacker", dachte Mendes. Er hatte trotzdem so getan, als sei er beeindruckt von Rodrigues und seinen Frauengeschichten. Der Immobilienmakler konnte ihm zu viel Geld und beruflichem Erfolg verhelfen.

Mendes verschaffte sich einen Überblick. Dann ging er auf Zehenspitzen zu dem Regal mit den Büchern. Er musste jedes Geräusch vermeiden. Denn er wusste nicht, ob Leticia im Haus war und oben in ihrem Schlafzimmer schlief. Dieses Risiko musste er eingehen.

Rodrigues hatte ihm gegenüber einmal Andeutungen gemacht, dass das sicherste Versteck von Dokumenten in Büchern sei. Also nahm er sich die Bücher vor.

Hochkonzentriert begann er mit seiner Arbeit. Jedes Buch nahm er einzeln aus dem Regal und schüttelte es vorsichtig, um zu sehen, ob etwas herausfiel. Dann stellte er es zurück und lauschte, ob sich in dem Haus etwas rührte. Aber alles blieb ruhig.

Mendes blickte auf seine Uhr. Es war kurz vor vier Uhr. Er hatte jetzt vier der fünf Regalreihen durchsucht und musste sein Tempo steigern. Auch die Glasvitrine war schließlich gut mit Büchern gefüllt.

Er nahm sich schnell die unterste Regalreihe vor. Wie in den vorigen fand er auch hier nichts.

Ein Geräusch schreckte ihn auf – gerade, als er sich den Büchern in der Vitrine zuwenden wollte. Sofort knipste er die Taschenlampe aus und verharrte regungslos an seinem Platz. Er wagte kaum zu atmen.

Zehn Sekunden vergingen, fünfzehn Sekunden. Nichts war zu hören, außer seinem Herzschlag.

Dann erneut das Geräusch....

Mendes spitzte die Ohren.

Dann entspannte er sich: Zwei Katzen fauchten sich vor dem Haus an.

Rasch setzte er seine Arbeit fort.

In der Vitrine hatte Rodrigues seine Geschichtsbücher aufbewahrt: „Die Eroberer: Portugals Kampf um ein Weltreich", „Der Estado Novo", „Salazars Aufstieg zum Führer Portugals" „PIDE - Das Geheimnis des Erfolgs", lauteten einige Titel der dicken Schwarten.

Langsam wurde Mendes nervös. Er hatte nicht unendlich viel Zeit und bisher noch keine Spur von dem gefunden, was er so dringend suchte.

Er schaute erneut auf seine Armbanduhr. Schon halb fünf. Um fünf, allerspätestens halb sechs musste er hier weg sein. Das Risiko beim Verlassen des Geländes gesehen zu werden, war sonst zu groß. Auch wenn die meisten Portugiesen um diese Zeit noch schliefen, einige waren doch schon sehr früh unterwegs. Er musste die Bücher schneller durchsuchen. Mendes griff rasch nach dem nächsten Buch.

Da passierte es.

„Salazars Aufstieg zum Führer Portugals" glitt ihm aus der Hand. Er versuchte noch das schwere Buch aufzufangen. Dabei stieß er gegen die Lampe, die neben der Glasvitrine stand. Sie schwankte bedrohlich hin und her... und fiel um. Der gläserne Lampenschirm zersprang in tausend Teile. Sie verteilten sich über den ganzen Boden.

„Merda! – Scheiße!"

Mendes stand stocksteif neben der Vitrine und lauschte.

Diesmal waren es keine Katzen, die sich anfauchten. Oben im Schlafzimmer tat sich etwas. Er hörte Schritte.

„Hallo, ist da jemand?"

Jemand kam die Treppe hinunter. Das musste Leticia sein.

Er saß in der Falle. Er hatte keine Chance mehr, unerkannt das Weite zu suchen. An eine Maske hatte er dummerweise nicht gedacht.

Es gab nur eine Möglichkeit zu entkommen, ohne dass Leticia ihn erkannte. Der Gedanke daran war ihm allerdings nicht sonderlich angenehm.

Der Tavisal-Geschäftsführer griff nach dem hölzernen Lampenständer, der auf dem Boden lag. Er hastete zur Tür und stellte sich an die Wand links daneben. So stand er hinter der Tür, wenn Leticia diese öffnete. Er knipste die Taschenlampe aus und verstaute sie in seinem Rucksack.

Die Schritte kamen näher. Jetzt hörte er sie direkt vor der Tür. Die Tür öffnete sich.

Leticia schaltete das Deckenlicht ein. Sie sah sofort das heruntergefallene Buch und die Scherben des Lampenschirms.

„Hallo, was ist ...."

Leticia spürte noch den Luftzug und dann nur noch einen dumpfen heftigen Schlag auf ihren Hinterkopf.

Das Holz des Lampenständers zerbrach bei der Wucht des Aufschlags.

Die Witwe von Rodrigues sackte bewusstlos zu Boden. Blut sickerte aus ihrem Hinterkopf.

Mendes warf den Lampenständer auf den Boden, sprang über die vor ihm liegende Leticia und rannte zu seinem Wagen, den er einige hundert Meter entfernt geparkt hatte.

19

Paulo stellte seinen Renault direkt hinter dem gelben INEM-Krankenwagen ab, der vor dem schmiedeeisernen Gitter des Hauses von Leticia Rodrigues stand. Er fröstelte ein wenig.

Die Sonne ging gerade über der Ria Formosa auf. Schön anzusehen, aber so richtig wärmend waren die Sonnenstrahlen noch nicht. Paulo war verschlafen und hatte Zahnschmerzen. Links oben machte sich sein hinterer Backenzahn seit einigen Tagen wieder bemerkbar. Aber wann sollte er zum Zahnarzt gehen? Dieser Mord an Rodrigues wurde immer mysteriöser. Bisher hatten sie noch nichts Konkretes. Und jetzt auch noch der Einbruch und der brutale Angriff auf Leticia.

Isabel war auch schon da. Er erkannte ihren weißen Motorroller, den sie auf der gegenüberliegenden Seite abgestellt hatte. Der Helm baumelte am Gepäckträger.

Die Gittertür zum Gelände war angelehnt, die Eingangstür zum Haus stand offen.

Leticia saß am Esstisch. Um ihren Kopf war ein dicker weißer Verband gewickelt. Isabel, eine etwa fünfzigjährige Frau und zwei jüngere Männer, offensichtlich die Besatzung des Krankenwagens kümmerten sich um sie.

„Bom dia", brummelte Paulo in die Runde. „Wie geht es ihnen, Leticia?"

Ihr Versuch zu lächeln misslang kläglich.

„Danke, geht so. Ich habe einen Brummschädel, als ob ich zwei Flaschen vom billigsten Portwein geleert hätte. Außerdem ist mir schlecht."

„Frau Rodrigues hat einen sehr heftigen Schlag auf den Hinterkopf bekommen, Herr Kommissar. Sie hat wohl eine schwere Gehirnerschütterung. Wir möchten sie gerne gleich nach Faro ins Krankenhaus bringen. Dort wird dann ein CT gemacht. Damit können wir feststellen, ob ein intrakranielles Hämatom, diffuse axonale Verletzungen oder eine Subarachnoidalblutung vorliegt. Nach erster Begutachtung von Frau Rodrigues glaube ich das zwar eher nicht, aber man weiß ja nie."

Paulo und Isabel sahen sich fragend an, verzichteten aber auf eine Nachfrage bei dem eifrigen Sanitäter.

„Können sie uns vorher noch ein paar Fragen beantworten?", wandte sich Paulo an Leticia.

Die deutete vorsichtig ein Nicken an, zuckte wegen ihrer Schmerzen aber gleich zusammen.

„Gut. Wie ist das passiert? Haben sie den Täter oder die Täterin gesehen?"

„Ich kann mich nicht an Einzelheiten erinnern. Ich habe am Abend Schlaftabletten genommen und tief geschlafen. So gegen halb fünf bin ich von einem Geräusch aus dem Arbeitszimmer aufgewacht und runtergegangen. Dann habe ich einen heftigen

Schlag auf den Hinterkopf bekommen. Mehr weiß ich nicht mehr. Rosalina hat mich dann gefunden."

Rosalina war die kleine ältere Frau, die am Tisch saß. Sie machte zweimal in der Woche im Hause der Rodrigues sauber, glücklicherweise auch heute Morgen.

Paulo blickte sie fragend an.

„Ich habe Frau Rodrigues kurz vor sieben Uhr gefunden. Sie lag im Arbeitszimmer auf dem Boden gleich neben der Tür. Mein Gott! Ich habe mich so erschrocken. Ich dachte, sie ist tot. Aber dann hat sie geatmet und ich habe sofort einen Rettungswagen gerufen."

„Leticia, haben sie eine Vermutung, was der oder die Einbrecher dort gesucht haben könnten?", fragte Isabel.

„Nein, keine Ahnung. Entschuldigung. Mir ist so übel. Können sie nicht später noch einmal kommen?"

„Ich glaube, es ist das Beste, wir fahren mit Frau Rodrigues jetzt ins Krankenhaus, Herr Kommissar."

„Ja, machen sie das. Nur noch eine Frage: Ihr Mann hat in den letzten Jahren alle sechs Monate eine größere Summe an Bargeld von seinem Konto abgehoben, immer 20.000 Euro. Wissen sie davon? Wofür könnte das Geld gewesen sein?"

Leticia deutete ein Kopfschütteln an. „Nein. Davon weiß ich nichts. Was wollte er mit 20.000 Euro?"

Paulo sah ein, dass eine weitere Befragung sinnlos war.

Leticia stöhnte leise auf, als ihr die beiden Sanitäter beim Aufstehen halfen und sie zum Krankenwagen brachten. Isabel nahm die Personalien von Rosalina auf und folgte Paulo dann ins Arbeitszimmer.

„Der ging es ja wirklich richtig schlecht. Das muss ein heftiger Schlag gewesen sein. Eine Frau hat doch bestimmt nicht so viel Kraft oder was meinst du, Paulo?"

„Ja, das sieht eher nach einem Mann aus, obwohl man ja nie etwas zu früh ausschließen sollte. Schau mal. Das ist wohl das Tatwerkzeug".

Paulo deutete auf den zersplitterten Schirmständer, der neben der Tür auf dem Boden lag.

„Das muss sich unsere Spurensicherung einmal genau ansehen. Vielleicht gibt es ja noch Fingerabdrücke."

Auf dem Boden war eine große, bereits getrocknete Blutlache zu sehen.

„Was hat der Täter hier nur gesucht? Außer dem Buch hier auf dem Boden und den Glassplittern von dem Lampenschirm sieht ja alles so aus wie bei unserem Besuch vorgestern. Was hast du?"

Paulo verzog sein Gesicht. „Ach nichts. Ich müsste wohl mal zum Zahnarzt."

Isabel schmunzelte. Ihre Mutter hatte ihr einmal erzählt, dass Paulo panische Angst vorm Zahnarzt hat.

Aufmerksam sah sie sich weiter in dem Arbeitszimmer um.

„Die Ordner in den Regalen haben den Einbrecher wohl nicht interessiert. Es sieht nicht so aus, als ob er sie angefasst hätte. Hier ist sogar noch ein wenig Staub zu sehen. Aber guck mal: die Bücher. Er hat jedes einzeln herausgenommen und dann wieder zurückgestellt."

„Und woran erkennst du das?" Paulo war überrascht.

Isabel deutete auf die beiden unteren Reihen der Glasvitrine: „Hier in der Mitte fehlt das Buch, das runtergefallen ist. Rechts davon und in der unteren Reihe stehen die Bücherrücken exakt in einer Linie. Links davon und in den oberen Reihen sind sie ein ganz klein wenig versetzt. Und in dem Bücherregal auch."

„Kompliment Isabel, gut erkannt. So könnte es gewesen sein: Der Einbrecher, gehen wir mal davon aus, dass es ein Mann und nur ein Einbrecher war, hat etwas gesucht, was in den Büchern versteckt war. Dann ist ihm das Buch dort aus der Hand gefallen, warum auch immer. Leticia hat das gehört und ist ins Arbeitszimmer gekommen. Er hat sie niedergeschlagen und dann die Flucht ergriffen. Das heißt, er hat nicht gefunden, was er gesucht hat. Schau dir doch bitte gleich mal die Bücher an, die er nicht geschafft hat."

Paulo blickte auf den Titel des Buches, das auf dem Boden lag: „„Salazars Aufstieg zum Führer Portugals" – was für ein interessanter Lesestoff".

„Salazar? Das war doch dieser Wirtschaftsprofessor, der Portugal ewig regiert hat. Und kritisieren durfte man ihn auch nicht. Sonst kam man ins Gefängnis. Und die Kolonien in Afrika wollte er auch behalten."

„Ja, so ungefähr", entgegnete Paulo etwas abwesend.

„Was wollte der Einbrecher hier nur? Wir haben das Arbeitszimmer vor zwei Tagen doch auch schon durchsucht."

„Die Bücher haben wir uns aber nicht angeschaut", entgegnete Isabel.

Sie sah sich jetzt die Bücher an, zu denen der Einbrecher nicht mehr gekommen war.

Sie fand nichts.

Es blieb nur noch ein dickes, in Schweinsleder gebundenes Buch, das offensichtlich mehrfach gelesen worden war: „PIDE- Das Geheimnis des Erfolgs."

Das Buch fiel ihr fast aus der Hand, so schwer war es. Ein kleines Stück Papier segelte dem Boden entgegen.

„Paulo, schau mal hier. Ich habe etwas gefunden."

Sie hob das Papier auf. Es hatte etwa die Größe einer portugiesischen Identitätskarte. Sie sah sich das Papier an und reichte es dann Paulo.

„Was ist das?"

„Das ist ein alter Ausweis von der DGS... Direção Geral de Segurança" fügte er auf den fragenden Blick von Isabel hinzu. „Die Nachfolgeorganisation

162

der PIDE, der Geheimpolizei von Salazar. Das sagt dir doch etwas, oder?"

„Klar", erwiderte Isabel etwas beleidigt. „Wir waren doch mit unserer Abschlussklasse in Lissabon im „Museu do Aljube - Resistência e Liberdade". Da wird doch alles gezeigt. Deine Tochter Aurelia hat damals die Führung für uns gemacht. Ist das Rodrigues´ Ausweis? Vielleicht ein Erinnerungsstück? Passt doch, den in einem Buch über die Geheimpolizei aufzubewahren. Vielleicht hat der Einbrecher danach gesucht. Aber warum?"

Paulo sah sich den alten Ausweis genauer an. Das Papier war brüchig, das Bild des Ausweisbesitzers war schon sehr verblichen, die Buchstaben zum Teil nur noch schwer zu erkennen.

„Der ist nicht von Rodrigues."

Paulo entzifferte den Namen des Inhabers.

„A-n-t-o-n-i-o R-o-s-a-r-i-o."

20

„Schön, dass du zurückrufst, Aurelia."

Paulo liebte seine neunundzwanzigjährige Tochter aus erster Ehe sehr. Sie lebte schon seit etwa zehn Jahren in Lissabon. Dort hatte sie Geschichte und Politik studiert und arbeitete seit der Gründung im April 2015 in dem Museum „Aljube – Resistência e Liberdade". Aljube: Das war arabisch und bedeutete: „Zisterne", „Kerker", „Verlies". Ein zutreffendes Wort. Denn das Gebäude, direkt gegenüber der Lissabonner Kathedrale Sé, war seit Jahrhunderten ein Gefängnis. Als erstes diente es der katholischen Kirche. Von 1928 bis 1965 trieb in dem vierstöckigen Haus die portugiesische Geheimpolizei PIDE ihr Unwesen.

Heute befindet sich dort ein Museum, das an die dunkle Zeit der portugiesischen Diktatur, aber auch den Widerstand dagegen und die Nelkenrevolution erinnert.

Paulo hoffte, dass Aurelia nicht böse auf ihn war, weil er sich schon lange nicht mehr bei ihr gemeldet hatte. Und jetzt kam er auch noch mit einer dienstlichen Bitte.

„Olá Papa, ich rufe doch gerne zurück. Schön mal wieder von dir zu hören. Como estas? Wie geht es dir? Ich konnte vorhin leider nicht länger mit dir sprechen, weil ich in einer Sitzung bin. Wir haben jetzt eine kurze Pause. Du weißt doch, dass ich von der Regierung in die Arbeitsgruppe Peniche berufen worden bin. Endlich soll in dem alten Fort auf der Insel vor Peniche die nationale Erinnerungsstätte realisiert werden. Das Aljube ist ja nur eine Lissabonner Einrichtung. Zum 50. Jahrestag der Nelkenrevolution 2024 soll die Erinnerungsstätte dann endlich eröffnet werden. Du weißt doch, dass in dem Fort viele politische Gefangene eingekerkert waren."

„Aurelia, mein Schatz. Stopp bitte mal. Ich weiß das doch alles. Dir geht es also gut und du bist wieder voll mit deiner Arbeit beschäftigt. Das ist schön."

„Tut mir leid Papa. Ich wollte dich nicht von meinem Job vollquatschen, aber ich freue mich so, dass sich da jetzt endlich mal etwas tut. Schließlich hatte die Nationalversammlung schon zwei Jahre nach der Nelkenrevolution beschlossen, aus Peniche eine Erinnerungsstätte zu machen und nie ist etwas passiert. Aber sag mal, wie geht es dir?"

„Soweit ganz gut. Aber gerade habe ich viel zu tun. Wir sollten uns auf jeden Fall mal wieder treffen. Ich kann ja mal nach Lissabon kommen oder du besuchst mich in Luz. Ich habe jetzt leider nicht so viel Zeit, mit dir zu telefonieren. Wir haben gerade einen aktuellen, etwas verworrenen Mordfall bei uns. Da wollte ich dich um Hilfe bitten."

„Ja, selbst die Lissabonner Zeitungen haben von dem Mord berichtet. Ich habe mir schon gedacht, dass du die Ermittlungen leitest. Hängt der Mord wirklich mit dem großen Ferienanlagenprojekt zusammen? Aber wie kann ich euch denn helfen? Da bin ich aber sehr gespannt."

Paulo berichtete seiner Tochter von dem alten DGS-Ausweis, den sie bei Rodrigues gefunden hatten.

„Und jetzt meint ihr, dass der Mord vielleicht damit etwas zu tun hat? Das liegt doch schon lange zurück. Aber klar kann ich dir helfen. Wir haben gute Kontakte zu der nationalen Dokumentationsstelle, in der alle Unterlagen aus dieser Zeit gesammelt werden. Ich könnte einen Kollegen einmal bitten zu schauen, ob es weitere Informationen zu diesem Antonio Rosario gibt. Vielleicht lässt sich herausbekommen, was der bei der Geheimpolizei gemacht hat. Und ich könnte ja auch mal fragen, ob es auch Unterlagen zu diesem Rodrigues in den Archiven gibt. Das mache ich doch gerne für dich. Das klingt doch richtig aufregend. Ich muss jetzt aber zurück in die Sitzung. Die Pause ist zu Ende. Ich melde mich so rasch wie möglich. Vielleicht bekomme ich sogar heute noch etwas raus. Tchau Papa."

21

Es war zwecklos. Hier konnte er keinen klaren Gedanken fassen. Das war aber das, was er jetzt am
dringendsten brauchte. Einen klaren Gedanken,
um aus diesem Schlamassel wieder herauszukommen.

Mendes verfluchte sich selbst. Warum war ihm
in der vergangenen Nacht nur dieser verdammte
alte Schinken aus der Hand gerutscht? Er wollte
Leticia Rodrigues nicht niederschlagen, aber er
hatte keine Alternative gesehen. Mendes hoffte
sehr, dass er sie nicht zu schwer verletzt hatte.

Der Tavisal-Geschäftsführer startete eine neue
Runde durch sein Büro, bestimmt schon die
zehnte: acht Schritte von der Sitzecke zum Schreibtisch, von dort vier Schritte zum Tresor und erneut
acht Schritte zurück zur Sitzecke.

Bisher hatte sein Leben nur eine Richtung ge-
kannt: Steil aufwärts. Nach seinem Betriebswirt-
schaftsstudium an der renommierten Nova School
of Business and Economics der Universidade de
Lisboa mit einem einjährigen Auslandsaufenthalt
in Sao Paulo war er mit siebenundzwanzig Jahren
in das Unternehmen seiner Eltern eingestiegen. Ein
Unternehmen, das sich auf den Export von portugiesischen landwirtschaftlichen Produkten spezia-

lisiert hatte. Dazu gehörte auch das berühmte Meersalz von der Algarve. So war der Kontakt zu Tavisal entstanden.

Als der Besitzer Francisco Garrido wegen seines Alters die Geschäftsführung nicht mehr selber machen wollte, bot er Mendes den Geschäftsführerjob an. Zunächst war dieser nicht sehr begeistert gewesen. Das pulsierende Lissabon zu verlassen und an die Ostalgarve ziehen? Das kam ihm nicht sehr attraktiv vor. Aber schließlich hatte Mendes das Angebot dann doch angenommen. Nicht nur weil es finanziell sehr lukrativ war, sondern auch weil er sich nach fünf Jahren von seinem Vater und dessen Firma abnabeln wollte. Zudem kam seine Frau aus der Gegend.

Nach zwei Jahren bei Tavisal eröffnete ihm Francisco Garrido dann, dass es Interesse von der O Turismo S/A an dem Gelände gebe und er zu verkaufen beabsichtige. Er wolle sich mit seinen neunundsiebzig Jahren endgültig zur Ruhe setzen. Mendes erkannte sofort die Chancen, die mit diesem Projekt für ihn persönlich verbunden waren.

Alles lief zunächst auch wirklich gut. Rodrigues, der für die O Turismo S/A den Deal managte, war zwar privat ein Kotzbrocken. Geschäftlich arbeitete Mendes aber gut mit ihm zusammen. So verschaffte ihm Rodrigues auch das schöne komfortable Haus in Manta Rota, das er sich normalerweise nicht hätte leisten können. Es war ideal für ihn, seine Frau und die beiden kleinen Kinder. Sie planten bereits ein drittes Kind.

„Aber habe ich überhaupt noch eine Zukunft? Oder war der Deal mit Rodrigues über den Hauskauf und die Abzweigung der Schmiergelder der Anfang von meinem Untergang?", schoss es Mendes durch den Kopf.

Jetzt war er wieder an dem Safe angekommen.

„Verdammt, ich habe ja ganz vergessen, die Vereinbarung mit den Unterschriften zu vernichten."

Er öffnete den Safe, nahm rasch das Dokument heraus und steckte es in sein Jackett.

„Dieser verdammte Journalist. Ohne den hätte ich jetzt nicht diese Probleme. Von dem Tod von Rodrigues hätte ich sogar profitieren können. Niemand hätte sich mehr für unsere kleine Abmachung interessiert. Und Margarida hätte ich schon zum Schweigen gebracht."

Mendes war sich sicher, dass seine Sekretärin die Abmachung mit Rodrigues gefunden und Silva eine Kopie gegeben hatte. Er wusste, dass sie es schrecklich fand, die traditionsreiche Salzgewinnung zu beenden und das Gelände zu verkaufen. Wahrscheinlich wollte sie so den Deal sogar zu Fall bringen. Er hatte erst überlegt, sie sofort rauszuschmeißen, aber was hätte das geändert?

Er wollte sich gerade wieder in Bewegung setzen, als es klopfte. Ohne auf eine Antwort zu warten, betrat Margarida sein Büro.

„Entschuldigen sie bitte, Herr Mendes. Aber es gibt eine Reihe von Anrufen: Die Stadt Tavira fragt an, ob der heutige Termin zur Vorstellung der Brücke wirklich stattfindet. Dann möchte die O Turismo S/A wissen, wo der zugesagte tägliche Bericht bleibt. Senhor Garrido möchte sie ebenfalls dringend sprechen. Und Herr Silva bittet dringend um einen raschen Rückruf. Was soll ich denen antworten?... Hallo, Herr Mendes? Hören sie mich?"

„Ja, ja. Ich habe sie schon verstanden. Sagen sie bitte bei der Stadt Tavira den Termin ab. Die O Turismo S/A bekommt heute im Laufe des Tages noch den Bericht. Und bei Herrn Garrido und Tomas Silva werde ich mich heute Nachmittag melden. Aber jetzt muss ich dringend noch einmal weg!"

Er brauchte einen ruhigen Ort, wo er ungestört über einen Ausweg aus seiner nahezu ausweglosen Situation nachdenken konnte. Er wusste auch, wohin er fahren würde. Knapp zwanzig Kilometer nördlich von Tavira, immer der M 508 folgend gab es im hügeligen Hinterland der Küste eine alte verlassene Windmühle. Dort hatte er sich schon häufiger vor schwierigen Gesprächen und Entscheidungen zurückgezogen und über Strategien und Taktiken nachgedacht. Er war zwar nicht abergläubig, aber bisher waren seine „Mühlen-Entscheidungen" immer richtig gewesen.

„Ich bin spätestens nach der Mittagspause so gegen drei, halb vier wieder da", rief er der verdutzten Margarida zu und ließ sie im Büro zurück.

Mendes nahm auf der Treppe zum Hausausgang zwei Stufen auf einmal und stieg hastig in seinen direkt vor dem Haus geparkten Qashqai ein. Der Motor heulte beim Start auf. Passanten, die in der Pastelaria Tavirense gegenüber in aller Ruhe einen

Kaffee tranken oder ein spätes Frühstück zu sich nahmen, schauten ihm kopfschüttelnd nach.

Er raste über die Brücke über den Rio Gilão und erreichte in wenigen Minuten einen der Kreisverkehre, über die man auf die N 125 Richtung Faro oder nach Osten in Richtung Vila Real de Santo António und Spanien kam.

Mendes fuhr aber nicht auf die N 125, sondern nahm die zweite Ausfahrt des Kreisverkehrs nach Fonte Salgada. Nach etwa einem Kilometer und einem weiteren kleinen Kreisverkehr verschwanden die letzten Häuser von Tavira rasch aus seinem Blickwinkel.

Mendes beschleunigte den Qashqai auf gut achzig Stundenkilometer. Er brauste an Plantagen mit Granatapfelbäumen, Orangenbäumen und Olivenbäumen vorbei. Nach etwa fünf Kilometern erreichte er die Unterführung der mautpflichtigen A 22, in Erinnerung an Heinrich den Seefahrer „Via do Infante Dom Henrique" genannt.

Immer schmaler und kurvenreicher wurde danach die Straße. Die M 508 führte Hügel hinauf und wieder hinab.

Mendes drehte das Radio lauter und drückte das Gaspedal weiter durch. Auf dem Weg in die Weite und Einsamkeit des bergigen Hinterlandes der Algarve fühlte er sich schon sehr viel besser als in der Enge seines Büros. Er war sich sicher, dass ihm bei „seiner Windmühle" eine Lösung einfallen würde.

Der Qashqai raste durch den kleinen Ort Curral de Boieiros. Mendes bremste nicht einmal für die beiden Bodenschwellen ab, die hier wie in vielen Orten Portugals in die Fahrbahndecke montiert waren, damit die Autofahrer ihre Geschwindigkeit reduzieren. Hunde bellten dem weißen Auto hinterher. Kurz hinter dem Ort passierte der Tavisal-Geschäftsführer eine kleine Brücke, die über ein Flussbett führte. Es waren nur noch knapp zehn Kilometer bis zu seinem Ziel.

Die M 508 verengte sich noch weiter und führte jetzt nur noch bergauf. Vor ihm tauchte ein alter klappriger Citroen CX auf, der mit etwa vierzig Stundenkilometern die Straße entlangzuckelte.

Mendes klebte an der hinteren Stoßstange des Citroens, bis er eine Möglichkeit zum Überholen sah. Er schaltete einen Gang zurück, beschleunigte und schaffte es gerade noch vor einem entgegenkommenden Fahrzeug wieder einzuscheren. Dessen Fahrer zeigte mit der Lichthupe deutlich seinen Unmut. Mendes störte dies aber nicht weiter.

Jetzt hatte er wieder freie Fahrt und beschleunigte den Qashqai auf fast einhundert Stundenkilometer. Mendes war ein geübter Fahrer. Und er liebte die Herausforderung, sich bei dieser hohen Geschwindigkeit nur auf das Lenken des Qashqais konzentrieren zu müssen. Dabei konnte er alle anderen Gedanken vergessen.

Ihm kamen kaum noch Autos entgegen. Vor ihm tauchte eine weitere enge Kurve auf. Er ging kurz vom Gaspedal. Mit quietschenden Reifen raste der Wagen durch die Kurve. Am Kurvenausgang beschleunigte Mendes wieder. Er fühlte sich wie im Rausch.

„Ich werde eine Lösung finden. Das habe ich bisher doch immer geschafft. Meine Karriere ist nicht zu Ende. Alles wird wieder gut. Die Kraft der Mühle wird es richten!"

Er lächelte. Im Radio lief einer seiner Lieblingssongs: „Successful!" von Ariana Grande. „It feels so good to be so young. And have this fun and be successful. I'm so successful."

Mendes drehte das Radio noch lauter und sang den Refrain mit.

Er beschleunigte weiter. Ein kurzes gerades Stück Straße lag vor ihm. Dann folgte erneut eine enge Kurve. Mendes raste durch die Hügellandschaft.

Zu spät - viel zu spät sah er den Kleinlaster, der auf der Gegenfahrbahn aus der Kurve auftauchte.

11. März 1975

22

„Das glaube ich jetzt nicht! Bist du das wirklich, Antonio?"

Der junge Mann, der an der Mauer der Calvário-Kaserne in Belem lehnte, nahm einen tiefen Zug von seiner Zigarette, inhalierte und klappte den Kragen seiner alten Jacke nach oben. Dann drehte er sich in dem fahlen Licht der Laterne langsam um und musterte misstrauisch den hageren, etwa gleichaltrigen Mann, der ihn angesprochen hatte. Als er ihn erkannte, fiel die Spannung von ihm ab. Er schlug ihm freundschaftlich auf die Schulter.

„Duarte, was für eine Überraschung. Was machst du denn hier? Wir haben uns ja schon eine Ewigkeit nicht mehr gesehen."

Duarte Ferreira fröstelte. Er hatte nur eine dünne Jacke an und es war frisch an diesem frühen Dienstagmorgen im Lissabonner Stadtteil Belem. Die Sonne würde erst in etwa einer Stunde aufgehen. Duarte griff nach der Definitivos, die Antonio ihm anbot. Er steckte die filterlose Zigarette hastig an, inhalierte kräftig den Tabakrauch und hustete.

„Die ändert sich nie. Die wird immer ein Mata-Ratos, ein Rattenkiller bleiben."

Er schaute sich vorsichtig um, ob jemand in Hörweite stand. Niemand war zu dieser frühen Stunde
in der Nähe. Dennoch senkte er seine Stimme.

„Wahrscheinlich will ich genau dasselbe wie du,
Sargento."

„Hör auf! Der Sargento ist vorbei. Diese ver-
dammten Kommunisten und Linksextremisten.
Seit dem letzten April regiert in unserem Land doch
nur noch das Chaos. Jeden Tag irgendwelche De-
monstrationen. Unsere Kolonien sind weg: Mosambik, Guinea-Bissau und demnächst auch Angola.
Ich hatte ja noch auf General Spínola gehofft. Aber
sein missglückter Putsch im letzten September war
ja so dilettantisch, dass er als Staatspräsident zu-
rücktreten musste. Aber jetzt machen wir es besser!
Spínola und wir werden uns heute die Macht zu-
rückerobern. Hier in der Kaserne haben die Spínola
treuen Truppen bereits das Kommando übernommen. Da wollte ich in alter Verbundenheit meine
Hilfe anbieten. Ich verstehe ja was vom Geschäft."

Antonio grinste. „Und du?"

„Mir gehts genauso. Das letzte Jahr war schrecklich. Ich hätte nicht gedacht, dass es so schlimm
wird. Die besten Männer von uns wurden aus der
Polizei geschmissen oder sogar ins Gefängnis gesteckt. Mir ist zwar nichts weiter passiert. Ich war
ja nur ein kleines Licht. Aber eine feste Arbeit habe
ich nicht mehr. Aber wie ist es dir denn ergangen?"

Statt einer Antwort deutete Antonio auf die beiden Soldaten, die langsam auf sie zukamen und sie

argwöhnisch musterten, ihr G3 aus deutscher Produktion im Anschlag.

„Was wollt ihr hier? Geht weiter! Hier gibt es nichts zu sehen!"

„Wir sind alte Kämpfer und wollen euch unterstützen. Glaubt mir: Wir haben Erfahrung."

Der ranghöhere, ältere und etwas beleibtere der beiden Soldaten sah Antonio an und zögerte einen kurzen Augenblick. Dann huschte ein Lächeln über sein braungebranntes, faltendurchzogenes Gesicht.

„Moment mal. Dich kenne ich doch! Warst du nicht in Caxias und bekannt für deine feinfühligen Verhörmethoden?" Er grinste breit. „Wir sind doch zusammen noch am 25. April aus Caxias abgehauen, bevor die ganzen Verbrecher freigelassen wurden und sie dann einige von uns in die Zellen gesperrt haben."

„Stimmt, Kamerad. Das hier ist Duarte. Der war in meiner Truppe. Wir haben von euren Plänen gehört und möchten euch und General Spínola gerne unterstützen."

Der Unteroffizier überlegte kurz.

„Das könnt ihr tatsächlich. Einige Kasernen sind bereits auf unserer Seite. Wir müssen jetzt in Lissabon die wichtigsten strategischen Punkte besetzen. Habt ihr ein Auto dabei? Dann fahrt doch zum Rossi-Platz und kundschaftet dort mal die Lage aus. Wir müssen wissen, wie die Leute reagieren und ob wir mit großem Widerstand zu rechnen haben."

Duarte deutete auf einen sehr alten beigefarbenen Opel Ascona auf der anderen Straßenseite.

„Das ist meiner", sagte er stolz. „Klar können wir uns mal etwas umsehen und umhören."

Er war Feuer und Flamme. Vielleicht gelang es ja wirklich, das Rad der Geschichte noch einmal zurückzudrehen, und er könnte wieder bei der Geheimpolizei arbeiten.

Antonio war weniger begeistert. Er hatte gehofft, ein Gewehr zu bekommen und richtig mitkämpfen zu können. Eine Späheraufgabe war eigentlich unter seiner Würde. Aber er sah ein, dass das im Augenblick die einzige Möglichkeit war, etwas zu tun. Vielleicht ergab sich nach einem erfolgreichen Putsch ja noch etwas Besseres.

*

Eine gute halbe Stunde später parkte Duarte den Ascona in der Rua do Carmo unweit des Rossio-Platzes. Sie schlossen sich der Menschenmenge an, die auf den Platz im Herzen Lissabons strömte.

„Ach du Scheiße! Siehst du das? Was wollen die denn alle hier?"

Duarte stieß Antonio in die Seite und zeigte auf den Platz. Er war voller Menschen. Ganze Familien waren gekommen, die kleinen Kinder auf den Schultern ihrer Väter, damit sie besser sehen konnten und ihnen im Gedränge nichts passierte. Die Wellenmuster des Mosaiks auf dem Boden des Platzes, die die Nähe des Meeres und die Bedeutung des

Wassers für Lissabon und Portugal symbolisierten, waren vor Menschenmassen nicht mehr zu sehen.

„Klar sehe ich das! Ich bin doch nicht blind! Und ich wette, dass die nicht auf unserer Seite sind. Siehst du die ganzen roten Fahnen?", brummte Antonio. „Und hörst du die Parolen? „Verteidigt die Freiheit" und „Unidade – Einheit!"".

Antonio und Duarte mischten sich unter die Menschenmenge. Ein junger Soldat lehnte lässig an der Statue von König Pedro IV. in der Mitte des Platzes. Antonio fragte ihn, was hier denn los sei.

„Konterrevolutionäre um General Spínola wollen die Macht übernehmen und die Freiheit zerstören. Aber das wird ihnen nicht gelingen. Wir Soldaten machen da nicht mit. Und ihr seht ja, was hier los ist. Auch die Avenida da Liberdade ist voll von Menschen. Alle verteidigen die Errungenschaften der Nelkenrevolution. In vielen Fabriken haben die Arbeiter ihre Arbeit niedergelegt. Es gibt Aufrufe zum Generalstreik. Es lebe das freie Portugal!"

Antonio und Duarte sahen sich an: Ihre Hoffnung schwand, dass der Aufstand erfolgreich sein würde.

„Ich habe genug gesehen. Komm, wir gehen was trinken und reden über alte Zeiten", schlug Antonio vor. „Ich kenne hier in der Nähe eine kleine Bar, wo wir auch jetzt schon ein Sagres bekommen."

*

„Saúde!". Duarte prostete Antonio zu. „Das wars dann wohl. In einem Monat sind die Wahlen zur verfassungsgebenden Versammlung. Da werden die Sozialisten und Kommunisten haushoch gewinnen. Was soll nur aus Portugal und uns werden? Was machst du jetzt, Antonio?"

„Ich weiß noch nicht, aber langsam wird es in Lissabon zu gefährlich für mich. Wenn mich jemand von den Gefangenen von Caxias wiedererkennt, bin ich geliefert. Oder wenn sie sich die alten Akten genauer anschauen. Dann bin ich vielleicht sogar wegen Mord dran. Du erinnerst dich doch noch, was mit diesem Fernandez damals passiert ist. Ich haue ab und tauche erst einmal in meiner alten Heimat im Norden unter. Trás-os-Montes ist weit weg. Da kann ich in Ruhe überlegen, wie es weitergeht. Und du? Bleibst du in Lissabon?"

„Eher nicht. Das Beste wird sein, ich gehe nach Faro zurück und nehme meine alten Geschäfte wieder auf", erwiderte Duarte.

Antonio grinste.

„Ich weiß: Diebstähle, Hehlerei, Dokumentenfälschung. Auf dein Wohl, alter Freund!"

6. März 2019 –
Nachmittags und Abends

23

„Rodrigues hat in seinem Haus ein Bordell betrieben."

„Außerdem hat er noch Geld mit Pornofilmen gemacht. Da sollte die Polizei nach dem Mörder suchen."

„Quatsch, der Mord hängt ganz sicher mit dem Ferienanlagenprojekt zusammen. Ich habe da eine sichere Quelle. Die sagt mir, dass die Leute von „Um Mundo" ihm aufgelauert haben."

„Bei allem Respekt, Frau Kollegin. Das ist doch totaler Blödsinn. Die bringen niemanden um. Also meine Kontakte aus Wirtschaftskreisen sagen, dass es um Schmiergelder geht. Das weiß doch jeder in Lissabon, dass O Turismo S/A da keine Zurückhaltung kennt. Ich bin mal gespannt, was die Polizei uns Neues zu berichten hat."

Das Stimmengewirr in dem kleinen Konferenzraum der Polizeistation in Tavira war bis in den Flur zu hören. In dem schmucklosen Raum, in dem sich normalerweise die Polizisten zu Besprechungen trafen oder ihr Mittagessen einnahmen, drängten sich schon zehn Minuten vor Beginn der Pressekonferenz zahlreiche Journalisten und versuchten, die besten Plätze zu ergattern.

Tomas Silva stand neben einer Kollegin der Lissabonner Zeitung „24 horas", die er noch von früher kannte. Das Boulevardblatt berichtete ausführlich über den Fall: Mord, Sex, Korruption und im Mittelpunkt ein erfolgreicher Immobilienmakler. Das interessierte ihre Leser.

Selbst in Spanien wurde über den Mord berichtet. Die „El Correo de Andalucía" aus dem knapp einhundertachtzig Kilometer entfernten Sevilla hatte extra eine Journalistin geschickt. Wenn in dem kleinen Nachbarland schon einmal etwas Aufregendes passierte, wollte man exklusiv berichten.

Zwei Kamerateams prügelten sich fast um den besten Standort, eines von Rádio e Televisão de Portugal RTP und eines von der privaten Konkurrenz Televisão Independente TVI. Daneben waren noch Journalisten von Regionalzeitungen aus der Algarve und dem Alentejo gekommen. Auch ein Journalist einer Wirtschaftszeitung aus Lissabon war angereist.

Reporter mehrerer Rundfunksender platzierten ihre Mikrofone auf dem Tisch, an dem gleich Antonio Teixeira und Paulo Carvalho Platz nehmen würden.

Tomas Silva hörte den Gesprächen seiner Kollegen interessiert zu, hielt sich aber zurück. Er hatte die besten Informationen von allen hier Anwesenden. Er würde aber einen Teufel tun, diese mit seinen Kollegen zu teilen. Das würde alles morgen exklusiv in der Tavira de Manhã stehen.

Als Antonio Teixeira und Paulo Carvalho sich fünf Minuten nach eins einen Weg zu ihrem Tisch bahnten, wurde es schlagartig ruhig. Teixeira setzte ein Lächeln auf, blickte in die Runde und nickte bekannten Gesichtern zu. Er sah im Geiste schon die Schlagzeilen in den großen Tageszeitungen über die gute Ermittlungsarbeit der Polícia Judiciária, die unter seiner Leitung kurz davor war, den komplizierten Fall in Rekordzeit aufzuklären.

Paulo Carvalho versuchte, seine Anspannung zu verbergen. Er wäre lieber an seinem Schreibtisch geblieben und hätte weiter ermittelt, als hier den Journalisten Rede und Antwort stehen zu müssen.

„Was wollen wir denn gleich den Journalisten präsentieren?", hatte Teixeira ihn in der Vorbesprechung angefahren.

„Dass wir zahlreiche Spuren verfolgen aber alle sich in Nichts auflösen? Dass es sein kann, dass es einen Zusammenhang mit dem Tavisal-Projekt gibt, aber Genaues wissen wir nicht? Oder wollen sie sagen, dass der erfolgreiche Rodrigues ein Sexmonster war, den eine seiner zahlreichen Geliebten gemeuchelt hat? Und dann lässt die Polizei noch zu, dass die Witwe von Rodrigues niedergeschlagen wird? Warum wurden die Frau und das Haus denn nicht geschützt?"

Paulo verkniff sich die Bemerkung, dass er genau wegen dieser unklaren Ermittlungslage gegen die Pressekonferenz zu diesem Zeitpunkt gewesen war.

„Herr Teixeira. Der Mord liegt jetzt gerade mal sechzig Stunden zurück. Der Einbruch wurde vor sechs Stunden gemeldet. Es gab keine Notwendigkeit, Frau Rodrigues und ihr Haus rund um die Uhr zu überwachen. Das Personal haben wir auch gar nicht. Wir arbeiten mit Hochdruck an der Lösung des Falls, aber bei einer so prominenten und umtriebigen Persönlichkeit wie Rodrigues gibt es eben zahlreiche Tatverdächtige."

„Ich möchte morgen keine Schlagzeile lesen: Mord an bekanntem Immobilienmakler. Polizei tappt im Dunkeln. Die Botschaft muss sein, dass wir kurz davor sind, diesen komplizierten Fall zu lösen. Wie ich es sehe, haben wir einen Hauptverdächtigen, nämlich den Mann von Vitoria. Also sagen wir Folgendes. Erstens: Einen Zusammenhang mit dem Ferienanlagenprojekt können wir nahezu ausschließen. Zweitens: Die Umweltleute scheiden als Täter ebenfalls aus. Drittens: Der Täter kommt mit hoher Wahrscheinlichkeit aus dem privaten Umfeld. Und viertens informieren wir über den Einbruch und den Angriff auf Leticia. Das ist ja für die Journalisten eine Neuigkeit. Aus ermittlungstaktischen Gründen können wir hier noch keine weiteren Einzelheiten nennen. Den Geheimdienstausweis, den sie gefunden haben, erwähnen wir nicht. Der ist doch noch nicht einmal von Rodrigues selbst. Meines Wissens ist es in Portugal nicht verboten, Bücher über die PIDE zu lesen und alte Geheimdienstpolizeiausweise zu besitzen, von wem und warum auch immer. Also: Wir sind zuversichtlich, diesen schwierigen Fall in wenigen Tagen zu lösen. Ich eröffne die Konferenz und gebe einen

Überblick, wie gerade besprochen und sie stehen dann für Detailfragen zur Verfügung. So, jetzt müssen wir aber los."

Die Pressekonferenz lief besser als Paulo erwartet hatte. Es gab zwar einige Fragen zu dem Privatleben von Rodrigues. Teixeira erläuterte den Tatverdacht gegen Vitorias Mann aber so überzeugend, dass die Journalisten seiner Argumentation folgten. Auch dass die Umweltaktivisten nicht als Täter in Frage kamen, trug Teixeira souverän und nachvollziehbar vor.

„Läuft doch gut", raunte er Paulo zu.

Da meldete sich Tomas Silva.

„Sie schließen also ein Motiv aus dem geschäftlichen Bereich schon jetzt definitiv aus? Und das, obwohl das Ferienanlagenprojekt hochumstritten ist. Zahlungen am Rande der Legalität sind doch gang und gäbe bei solchen Vorhaben. Meiner Zeitung sind entsprechende Informationen zugespielt worden, die wir derzeit prüfen. Ich habe meine Zweifel, dass die Polícia Judiciária dieser Spur genügend Aufmerksamkeit schenkt. Ich habe gerade erfahren, dass die Präsentation des Projektes im Gemeinderat von Tavira abgesagt wurde, weil der Tavisal-Geschäftsführer verhindert ist. Was sagen sie dazu? Und was hat der Einbruch bei Rodrigues mit dem Mord zu tun? Sie haben uns einen Hauptverdächtigen präsentiert. Schön und gut. Aber meines Wissens besitzt der Mann für den Tatzeitpunkt ein Alibi. Haben sie das überprüft? Meiner Meinung nach machen sie es sich zu leicht, nur weil sie den Fall schnell abschließen wollen."

„Vielen Dank, Herr Silva. Sie können sicher sein, dass wir intensiv ermitteln und jeder Spur nachgehen. Kommissar Carvalho wird ihre Fragen im Einzelnen beantworten. Und dann möchte ich die Pressekonferenz gerne beenden. Wir haben schließlich alle viel zu tun. Für Fernseh- und Rundfunkinterviews stehe ich aber gerne noch im Anschluss zur Verfügung."

Paulo bemühte sich so gut es ging, die Fragen von Silva zu beantworten, ohne dabei seinem Chef zu offensichtlich zu widersprechen. Sie gingen natürlich allen Spuren nach, überprüften selbstverständlich alle Alibis und so weiter.

„Was ist denn bloß in Tomas Silva gefahren? Normalerweise ist er uns doch eher wohlgesonnen und wir arbeiten gut zusammen", dachte er.

Teixeira beendete die Pressekonferenz. Die Journalisten scharrten sich um ihn. Paulo konnte den Konferenzraum nahezu unbemerkt verlassen und kehrte in sein Büro zurück.

„Lieber grabe ich meinen Garten bei Dauerregen dreimal für neue Nelkenbeete um, als noch einmal solch eine Pressekonferenz zu machen", dachte er.

Seine Zahnschmerzen machten sich wieder bemerkbar. Er musste unbedingt gleich versuchen, heute Nachmittag einen Termin zu bekommen.

Paulo blickte auf das Display seines Smartphones. Ricardo hatte mehrfach versucht, ihn zu erreichen.

24

Tereza saß alleine an einem Tisch vor der Cafetaria-Bar „Quinito" in Tavira. Sie hatte noch einen Platz in der Morgensonne gefunden. Der Kellner brachte ihr gerade den bestellten Salada Primavera, den Frühlingssalat, und ein stilles Wasser.

Irgendwie kam Duarte Ferreira die Frau bekannt vor. Er war gerade auf dem Weg zu seiner Bank in Taviras Zentrum. Ferreira blieb stehen, musterte die etwa vierzigjährige Frau und überlegte. „Wo hatte er sie nur schon einmal gesehen?"

Ihr langes schwarzes Haar war zu einem Pferdeschwanz zusammengebunden, ihr Gesicht war dezent geschminkt. Ihr eng sitzender blauer Pullover betonte ihre Figur.

Plötzlich fiel es Ferreira wieder ein und er grinste. Sie war eine Frau von Rodrigues´ Sofa. In dem Video war sie zwar splitternackt, aber er hatte keinen Zweifel, dass sie es war. Sogar ihr Name, den Afonso ihm verraten hatte, fiel ihm wieder ein.

Ferreira schaute sich um und schlenderte langsam zu dem Tisch, an dem die Frau saß.

„Boa tarde und bom apetite! Darf ich mich zu ihnen setzen, Tereza?"

Tereza sah den etwa dreißig Jahre älteren Mann überrascht und irritiert an. Was wollte dieser leicht schmierig aussehende Typ mit der abgewetzten Lederjacke und der Schiebermütze von ihr? Sie hatte im Augenblick genug Probleme. Und jetzt wollte so einer sie auch noch anmachen?

„Was wollen sie von mir? Woher wissen sie, wie ich heiße. Ich kenne sie nicht. Der Stuhl ist besetzt. Mein Mann kommt gleich zurück."

Tereza blickte hilfesuchend nach dem Kellner. Der war jedoch im Gastraum verschwunden.

Ferreira rückte sich den freien Stuhl zurecht und setzte sich.

„Tereza, wir haben einen gemeinsamen Freund, der leider vor zwei Tagen ermordet worden ist."

Die Worte wirkten wie ein Faustschlag in ihre Magengrube. Die Gabel fiel aus ihrer Hand und landete klirrend auf dem Boden. Sie wollte aufstehen und gehen, aber der Befehl fand nicht den Weg von ihrem Gehirn zu ihren Beinen.

„Was meinen sie damit? Ich..., ich wüsste nicht, dass wir einen gemeinsamen Freund haben."

Duarte Ferreira grinste höhnisch: „Ach Tereza. Sie wissen doch ganz genau, was ich meine. Was ich so gesehen habe, hatten sie doch ein sehr, nun ja: ein sehr intimes Verhältnis zu Herrn Rodrigues. Respekt: Unser gemeinsamer Freund Afonso hatte einen guten Geschmack. Weiß ihr Mann eigentlich davon? Und kennt er das Video?"

Das Blut schoss in Terezas Gesicht, vor Zorn und Scham. Dieser alte widerliche Mann kannte die Aufnahme von ihr und Rodrigues. Sie hatte erst heute Morgen durch den Anruf des Polizisten erfahren, dass Rodrigues sie heimlich gefilmt hatte. Glücklicherweise war der Polizist sehr diskret gewesen und sie hatte gehofft, dass die Sache damit erledigt ist. Ihr Mann Fernando durfte auf keinen Fall etwas davon erfahren. Er würde durchdrehen.

Ferreira steckte sich eine Marlboro an.

„Darf ich?" Er zog sich den Aschenbecher heran, lehnte sich entspannt zurück und wartete auf eine Reaktion.

Eigentlich hatte er sich aus dem Erpressergeschäft zurückgezogen, aber jetzt kam diese kleine Nebeneinkunft genau zur richtigen Zeit. Denn er hatte gerade eine gute Geldquelle verloren.

„Was...,was wollen sie, Herr...?"

„Ferreira, Duarte Ferreira. Entschuldigen sie bitte, dass ich mich noch nicht vorgestellt habe. Ich könnte dafür sorgen, dass das Video vernichtet wird und ihr Mann nichts von ihrem Verhältnis zu Rodrigues erfährt. Sie geben mir 5.000 Euro, ich erledige die Sache und dann sehen sie mich nie wieder."

„Sie mieses Schwein... Das Video ist bei der Polizei. Ich werde sie anzeigen."

Duarte nahm einen tiefen Zug und beugte sich dicht zu Tereza vor. Er konnte seinen Blick nicht von ihrem Busen abwenden und die Bilder aus dem Video gingen ihm durch den Kopf.

„Ich habe eine Kopie", log er.

„Aber wenn sie nicht zahlen wollen, habe ich schon eine andere Verwendung dafür. Ihr Mann

wird sich das Video bestimmt mit Interesse ansehen. Oh, ist er das?"

Duarte deutete auf einen gut gekleideten Mann,
der langsam näherkam.

„Ja, das ist er. Und jetzt ist es besser, sie verschwinden! Gehen sie, aber schnell! Wo kann ich
sie erreichen?"

Duarte gab Tereza seine Karte.

„Sie können mich jederzeit anrufen. Aber warten
sie nicht zu lange. Ich erwarte ihren Anruf spätestens heute Abend. Bis bald, schöne Frau!"

25

Ricardo parkte seinen Honda Civic direkt vor der Straßenabsperrung. Nach dem Anruf der Nationalgarde war er zusammen mit Fabiana sofort zur Unfallstelle gefahren.

„Das sieht aber nicht gut aus!"

Sie blickten vom Straßenrand gut zwei Meter hinab. Dort lag der völlig demolierte Qashqai von Simão Mendes.

„Komm Ricardo. Das sehen wir uns einmal genauer an."

Die beiden kletterten durch das Gestrüpp die Böschung hinunter. Wegen seiner glatten Schuhsohlen kam Ricardo mehrmals ins Rutschen.

Das weiße Auto lag auf dem Dach. Die Karosserie war völlig demoliert. Eine mit einem Laken zugedeckte Person lag direkt neben dem Qashqai. Die Mitarbeiter der Guarda Nacional Republica hatten den Fahrer aus dem Schrotthaufen herausschneiden müssen. Ein blauer Aluminiumsarg zum Abtransport stand schon bereit.

Die Kollegen von der GNR warteten schon auf Ricardo und Fabiana. Kollegen waren sie streng genommen eigentlich nicht. Die GNR ist Teil der portugiesischen Streitkräfte. Vor allem in ländlichen Bereichen ist sie aber für die Aufrechterhaltung der öffentlichen Sicherheit und damit auch für die Verkehrsüberwachung zuständig und arbeitet eng mit der Polizei zusammen.

„Bom dia, Ricardo Alves von der Polícia Judiciária in Tavira und meine Kollegin Fabiana Gomes von der Spurensicherung in Faro. Dürfen wir noch einmal einen Blick auf den Mann werfen?"

„Gerne. Das ist aber kein schöner Anblick. Wahrscheinlich hat er sich schon beim Überschlagen des Wagens das Genick gebrochen. Und der Aufprall hat ihm dann den Rest gegeben. Sie sehen ja, wie der Wagen aussieht."

Der GNR-Offizier zog das Laken zurück.

„Das ist wirklich Simão Mendes – kein Zweifel", stellte Ricardo fest. „Wissen sie schon etwas über die Unfallursache?"

„Er ist wohl viel zu schnell gefahren und hat den Kleinlaster zu spät gesehen, als der aus der Kurve kam. Dann hat er es mit einer Vollbremsung versucht. Vielleicht haben sie ja die Bremsspuren auf der Straße schon gesehen. Entweder ist er dabei ins Schleudern geraten oder hat selbst das Steuer herumgerissen. Dann ist er die Böschung runter und hat sich dabei mehrfach überschlagen."

„Woher wissen sie, dass der Wagen sich mehrfach überschlagen hat? Und kann es sein, dass ein technischer Defekt die Ursache dafür war, dass der Wagen von der Straße abgekommen ist?", wollte Fabiana wissen.

„Eher nicht. Die beiden Männer aus dem Kleinlaster haben bestätigt, dass der Qashqai eine irre

Geschwindigkeit hatte und der Fahrer wohl noch versuchte zu bremsen und auszuweichen. Sie selbst konnten wegen der Felswand auf ihrer Seite ja nicht ausweichen. Sie haben dann gesehen, wie sich der Wagen überschlagen hat, sind die Böschung runtergerannt und wollten helfen. Aber sie kamen nicht an den Mann heran. Sie können sie gerne noch einmal befragen."

Der GNR-Offizier zeigte auf die beiden Fahrer des Klein-LKW, die sichtlich unter Schock standen.

„Obrigada, aber das ist nicht nötig."

„Sie werden das Auto sicherlich noch intensiv nach technischen Defekten als Unfallursache untersuchen. Bitte informieren sie uns rasch über die Ergebnisse. Das Ganze könnte mit einem aktuellen Mordfall zusammenhängen."

Ricardo gab dem Offizier seine Karte.

„Das haben wir uns schon gedacht", erwiderte dieser.

Ricardo und Fabiana sahen ihn fragend an.

„Wir haben das hier in dem Jackett des Toten gefunden."

Er gab Ricardo ein gefaltetes DIN-A4-Blatt.

„Wow! Das ist ja ein Ding. Weißt du, was das ist, Fabiana? Eine Abmachung zwischen Mendes und Rodrigues über die Aufteilung von Schmiergeldern. Das könnte wirklich mit dem Mord an Rodrigues zusammenhängen. Vielleicht kam es zum Streit über die Abmachung und Mendes hat Rodrigues dann erstochen. Super! Dann hätten wir den Fall ja gelöst."

„Und wie hängt der Unfall damit zusammen, Ricardo? Außerdem hat Mendes ein Alibi für die Tatnacht. Er war doch in Lissabon. Wir sollten Paulo schnell informieren."

„Claro, Fabiana. Machen wir auch gleich. Komm, wir sehen uns noch einmal die Stelle an, wo Mendes von der Straße abgekommen ist."

Die beiden kletterten die Böschung wieder hoch. Ricardo schaute missmutig auf seine Schuhe. Oben angelangt inspizierten Fabiana und Ricardo die Bremsspuren auf dem Asphalt. Sie sahen sich noch ein wenig um, entdeckten aber keine weiteren Hinweise.

Ricardo versuchte Paulo zu erreichen. Ohne Erfolg.

„Der ist bestimmt noch in der Pressekonferenz und lässt sich von den Journalisten grillen." Ricardo grinste. „Chef sein hat eben auch nicht nur Vorteile."

26

Paulo strich sich über die linke Wange. Das Taubheitsgefühl ließ langsam nach. Er war froh, dass er noch so kurzfristig einen Termin bei seiner Zahnärztin bekommen hatte und sie den Zahn retten konnte.

Er freute sich auf den schon mehrfach verschobenen Besuch bei seinen Eltern.

Der Fall Rodrigues ging ihm aber nicht aus dem Kopf: „Was würde Tomas Silva morgen in der Tavira de Manhã zu dem Fall schreiben? Wer war bei Leticia eingebrochen und hatte sie so brutal niedergeschlagen? War der tödliche Autounfall von Simão Mendes Zufall oder steckte etwas anderes dahinter? Oder hatte sein Chef doch Recht und Raul Perreira war der Mörder?"

Paulo überquerte auf der N 125 den Rio Gilão bei Tavira und hätte fast die Abzweigung kurz hinter der Brücke verpasst. Im letzten Augenblick trat er heftig auf die Bremse und bog links auf die N 397 nach Cachopo ein.

Die Straße folgte zunächst dem Fluss, um sich dann von ihm abzuwenden und kurvenreich die Berge der Serra o Caldeirão heraufzuklettern. Für die Fahrt in das Fünfhundert-Seelen-Dorf brauchte er eine knappe Stunde. Sein jüngerer Bruder Pedro und er waren in Cachopo geboren. Seine Eltern verbrachten dort ihren Lebensabend.

Sein dreiundachtzigjähriger Vater Huso Carvalho und seine Mutter Marieta, die in zwei Monaten ihren 80. Geburtstag mit dem ganzen Dorf feiern würde, standen bereits vor ihrem kleinen Haus und winkten ihm zu, als er in die enge Gasse einbog.

Wie immer hatte seine Mutter ein üppiges Abendessen vorbereitet. Als Vorspeise eine Sopa de Tomate Alentejana, Tomatensuppe aus dem Alentejo, als Hauptgericht Cabrito no Forno, Zicklein aus dem Ofen und als Nachspeise sollte es Tarte de Amêndoa, Mandelkuchen geben.

Die Zahnärztin hatte Paulo zum Glück gesagt, dass er wieder normal essen dürfe, wenn die Betäubung weg war.

Seine Mutter kochte gerne und hervorragend, obwohl sie schlecht sah und wegen ihres fortgeschrittenen Rheumas häufig starke Schmerzen hatte. Mengen einzuschätzen war allerdings nicht ihre Stärke. So bekam Paulo immer die Essensreste mit nach Hause. Es war zwecklos, sich dagegen zu wehren. Er wollte es aber auch gar nicht.

„Du hast ja niemanden, der für dich kocht", pflegte seine Mutter bedauernd zu sagen und schüttelte mitleidig den Kopf.

„Boa noite! Ich habe euch etwas mitgebracht."

Paulo reichte seiner Mutter eine gute Flasche Vinho Tinto aus dem Alentejo, den sie gemeinsam zum Essen trinken würden. Seinem Vater brachte er immer einen Medronho mit.

„Muito obrigado, mein Sohn. Vielen Dank. Den haben wir früher immer in unseren Morgenkaffee geschüttet, bevor wir zum Thunfischfang aufgebrochen sind. Eine harte, aber ehrliche Arbeit, sage ich dir."

„Ja, Papa, ich weiß. Wie geht es euch? Tudo bem – Alles gut?"

„Ach ja, mais o menos, mehr oder weniger. Man wird eben älter. Jeden Tag tut etwas anderes weh. Setz dich doch. Aber pass auf, dass du nicht Salazars Stuhl erwischt."

Diese Redewendung, die in Portugal gerade bei der älteren Generation verbreitet war, hörte Paulo jedes Mal, wenn er bei seinen Eltern zu Besuch war.

„Salazars Stuhl" war ein Stuhl, der drohte zusammenzubrechen. So wie der Regiestuhl, der im August 1968 unter dem Diktator zusammenbrach. Bei seinem Sturz schlug der neunundsiebzigjährige Salazar mit dem Hinterkopf auf den harten Steinboden des Forts von Estoril in der Nähe von Lissabon. Die Folge war ein Blutgerinnsel im Gehirn, das später zum Schlaganfall und 1970 zu seinem Tod führte.

„Danke Papa, ich pass schon auf."

Er half seiner Mutter, den Tisch zu decken und die Sopa Alentejana zu servieren. Sie war wie üblich lauwarm und schmeckte köstlich.

Paulo fühlte sich wohl bei seinen Eltern. Nachdem er sich nach ihrem Wohlergehen erkundigt und kurz über seine Arbeit und den aktuellen Fall berichtet hatte, brachte sein Vater das Gespräch schnell auf sein Lieblingsthema: Politik.

„Was wählst du im Oktober, Junge? Weißt du was? Ich werde zum ersten Mal in meinem Leben die Sozialisten wählen."

Paulo schaute ihn erstaunt an.

„Die machen das doch ganz ordentlich", fuhr sein Vater fort. Auf jeden Fall geht es uns jetzt sehr viel besser als noch vor einigen Jahren, als die alte Regierung unsere Rente gekürzt hat..."

„... und auch unsere Gehälter."

Seit 2015 war António Costa von der Partido Socialista Chef einer Minderheitsregierung. Er hatte die desaströse Sparpolitik beendet, zu der die Europäische Union Portugal gezwungen hatte. Die wirtschaftliche Lage hatte sich in dem Land seitdem erheblich verbessert. Die Arbeitslosenzahl war von rund achtzehn auf knapp sechs Prozent gesunken. Die Menschen hatten wieder mehr Geld zum Leben.

„Die Geringonça läuft ganz gut und klappert gar nicht. Saúde!"

Paulos Vater hob sein Weinglas.

„Geringonça": Klapperkiste. So bezeichnete die liberal-konservative Oppositionspartei PSD die sozialistische Minderheitsregierung, die vom Block der Linken, von der Kommunistischen Partei und den Grünen toleriert wurde.

„Es ist ja gut, dass wir jetzt alle wählen dürfen. Aber es war auch nicht alles schlecht unter Salazar. Als ich zwölf war, bin ich zur Mocidade Portuguesa, der Jugendorganisation des Estado Novo gegangen.

„Infantes" hießen wir. Das war toll. Zeltlager, viel Sport und schicke Uniformen."

„Und ich war bei der Mocidade Portuguesa Feminina. Da haben wir Gymnastik gemacht und traditionelle Tänze gelernt", ergänzte Paulos Mutter.

„Und alles über die Berufung der Frau als treusorgende Ehefrau und Mutter gelernt. Papa, du weißt doch, dass das große Vorbild der Mocidade Portuguesa die Hitlerjugend war. Ihr habt doch sogar den Hitlergruß übernommen. Und die Nazis haben beim Aufbau geholfen. Es war nicht alles schlecht? Wie lange bist du denn zur Schule gegangen? Drei oder vier Jahre? Dann war Schluss. Gerade die Hälfte der Portugiesen konnte schreiben. Und wenn man Salazar und die Regierung kritisiert hat, kam sofort die Geheimpolizei. Also ich bin froh, dass diese Zeiten vorbei sind."

„Ja, das bin ich doch auch, Paulo. Komm lass uns nicht mehr über die Vergangenheit streiten. Wie geht es meiner Enkelin Aurelia?"

„Gut. Ihr kennt sie ja. Sie ist immer sehr beschäftigt. Aber vielleicht schafft sie es ja mal an die Algarve zu kommen und euch zu besuchen. Das Zicklein war übrigens wieder fantastisch. Ich helfe Mama mal bei der Bica."

Paulo war gerade in der kleinen Küche verschwunden, als sein Vater rief: „Paulo, dein Telefon!"

Es war Aurelia.

„Olá Pai, hallo Papa. Ich habe tatsächlich etwas über diesen Antonio Rosario herausbekommen.

Also: Er wurde 1951 geboren, das steht ja auch auf seinem Ausweis. Mit achzehn ist er zur Armee gegangen und war zwei Jahre in Mosambik. Laut seiner Akte hat er sich dort „besonders bewährt", was auch immer das heißen mag. 1973 ist er dann zur Geheimpolizei DGS gegangen und hat schnell Karriere gemacht."

„Was heißt denn Karriere machen bei der Geheimpolizei?"

„Er wurde Chef von einem fünfköpfigen Team, das Gegner des Regimes verhaftet hat. Er war bis zur Nelkenrevolution zuständig für Verhöre in dem Gefängnis in Caxias. Ich habe dann noch geschaut, wer zu seiner Gruppe gehörte. Ich schicke dir die Namen gleich. Vielleicht könnt ihr ja damit etwas anfangen."

„Vielen Dank. Sag mal, was ist denn nach der Nelkenrevolution mit all diesen Geheimpolizeileuten passiert?"

„Eigentlich sollten alle ehemaligen Beamten der politischen Polizei entlassen werden. Sie durften bei den ersten Wahlen nicht kandidieren und auch nicht wählen. Einige kamen sogar für kurze Zeit in Haft. Aber die Verfolgung ihrer Taten fand dann doch schnell ein Ende. Viele haben sich abgesetzt. Nach Spanien und auch nach Brasilien."

„Hast du auch etwas über Rodrigues herausgefunden?"

„Bisher noch nicht, Papa. Aber ich kümmere mich morgen drum, wenn ich etwas Zeit finde. Wo bist du? Die Verbindung ist nicht sonderlich gut."

„Ich bin gerade in Cachopo bei deinen Großeltern. Willst du sie mal sprechen?"

Paulo gab seinem Vater das Telefon.

Als Paulo und seine Eltern die Tarte de Amêndoa und die Bica genossen, blinkte das Display von Paulos Smartphone auf. Die Namen der Geheimpolizisten. Sie sagten Paulo nichts. Bis auf eine Ausnahme.

„Sagt mal: Duarte Ferreira. Der Name kommt mir bekannt vor. Kommt der nicht aus Cachopo?"

„Ja richtig." Seine Mutter schaltete sich ein.

„Die Eltern von Duarte haben hier gelebt: Urano und Telma. Beide sind aber vor etwa drei Jahren kurz hintereinander gestorben. Gott hab sie selig."

„Und wisst ihr etwas über Duarte?"

„Nicht viel. Der wohnt jetzt wohl in Cabanas auf großem Fuß. Er hat seinen Eltern zwar ab und zu mit ein paar Euros geholfen, weil die nur eine kleine Rente bekamen. Besucht hat er sie aber noch seltener als du uns."

12. November 1975

27

Behutsam lenkte Mario den Zementmischer durch die Menschenmenge. Je näher er zum Palácio de São Bento kam, desto schwerer wurde das Durchkommen. Immer wieder musste er stoppen. Er hupte unentwegt, um sich seinen Weg zu bahnen. Als die Demonstranten seine rote Fahne am Wagen sahen, machten sie bereitwillig Platz. Viele hielten Transparente hoch. Mario war beeindruckt: Zehntausende waren gekommen.

Sein Ziel war der prächtige Haupteingang des Palastes. Seit 1834 war das ehemalige Benedektinerkloster Sitz der „Assembleia da República", des portugiesischen Parlaments. Bis zur Nelkenrevolution hieß das Parlament noch „Assembleia Nacional". Von einem richtigen Parlament konnte allerdings nicht die Rede sein. Einzige Aufgabe der Abgeordneten war es, die Entscheidungen der Regierung abzunicken.

Mario stellte den Zementmischer in der Nähe der breiten Außentreppe ab. Etwa sechzig Stufen führten hinauf zum Palast, flankiert von zwei großen Löwen aus Marmor.

Heute kam aber niemand die Treppe hinauf, niemand kam in den Palast und niemand konnte ihn verlassen. Seit den Morgenstunden waren immer mehr Menschen zu dem Palast gekommen. Vor allem Bauarbeiter, aber auch Lissabonner, die die Forderungen der seit Tagen streikenden Arbeiter unterstützen wollten. Es waren so viele, dass sie den Palácio de São Bento lückenlos umzingeln konnten.

Drinnen tagten die 250 Abgeordneten der verfassungsgebenden Nationalversammlung, die genau ein Jahr nach der Nelkenrevolution gewählt worden waren. 116 und damit die meisten gehörten der Partido Socialista PS an, 81 der konservativen Partido Popular Democrático PPD und nur 30 der Partido Comunista Português. Parteiführer Álvaro Cunhal hatte sich ein deutlich besseres Ergebnis als die 12,5 Prozent erhofft. Nur ein knappes Drittel der Stimmenzahl des großen Konkurrenten, der Sozialistischen Partei von Mário Soares.

Auch die Mitglieder der mittlerweile sechsten provisorischen portugiesischen Regierung unter der Führung von Premierminister Admiral Pinheiro de Azevedo kamen nicht mehr aus dem Palast heraus.

„Boa tarde, camarada! Du bist spät!", begrüßte ein etwa dreißigjähriger bärtiger Mann mit einem Megaphon in der Hand Mario.

„Komm, beruhig dich. Meine Firma ist ganz im Norden von Lissabon. Weißt du, wie voll die Straßen hierher sind?"

Mario verschwieg, dass er einen kleinen Umweg gefahren war, um Maria abzuholen.

„Und wer ist die Frau neben dir? Ist die zuverlässig?"

„Allerdings. Das ist Maria Silva, die Witwe von Fernandez Silva, den Salazars Todesvögel in Caxias zu Tode gefoltert haben."

Der bärtige Mann nahm Haltung an, salutierte und half Maria aus dem Zementmischer. Mario stieg ebenfalls aus und die beiden mischten sich unter die Demonstranten. Mario blickte sich suchend um. Er hatte sich mit Bruno bei dem Löwen am Aufgang der Treppe verabredet.

„Warum rufen die Leute immer wieder „quarenta e quatro?"", fragte Maria.

„Das ist unsere Lohnforderung. Seit Tagen streiken wir dafür. Die Unternehmer wollen aber unsere Forderungen nicht erfüllen. Jetzt ist die Regierung dran. Deshalb sind wir hier."

„Vierundvierzig Prozent mehr Geld? Das ist aber sehr viel", warf Maria ein.

„Sehr viel? Nein, das steht uns zu." Ein Bauarbeiter mischte sich in ihr Gespräch ein.

„Alles wird doch teurer. Und der Mindestlohn von 3.300 Escudos ist ein Witz. Lebensmittel, Strom, Gas, Wasser..."

Seine weiteren Worte gingen in ohrenbetäubendem Lärm unter. Maria und Mario schauten nach oben. Am strahlend blauen Himmel flogen mehrere Hubschrauber über den Palast.

„Die werfen Decken und Lebensmittel für die armen Abgeordneten ab. Damit die nicht frieren und hungern müssen. Die richten sich wohl auch auf eine längere Belagerung ein. Am Ende werden wir aber siegen!"

„Sag mal, was ich dich immer noch fragen wollte, Mario. Was ist eigentlich mit Sofia?"

„Wir haben uns vor zwei Monaten getrennt", antwortete er mit belegter Stimme.

„Ich bin im Sommer doch in den Alentejo gefahren. Ich habe dort die Landarbeiter bei der Besetzung der großen Landgüter unterstützt. Sofia wollte nicht mit. Sie hatte ja auch ihren Job bei der Lisnave-Werft. Ich bin bis zum September im Alentejo geblieben. Es war eine tolle Zeit. Aber dann hatte ich doch wieder Sehnsucht nach Lissabon und nach Sofia. Aber mit uns beiden hat es dann leider nicht mehr geklappt."

Maria nickte stumm.

„Schau mal! Ich glaube, da ist Bruno."

Maria hatte ihn als erstes entdeckt.

„Der sieht aber schlecht aus. Richtig gealtert und guck mal, wie er sich auf seinem Stock abstützen muss."

Mario ging auf Bruno zu.

„Boa tarde, Bruno. Wie geht es dir?"

„Ach, geht schon. Das Gehen macht mir nur einige Probleme. Olá Maria, schön dich wieder zu sehen."

Er umarmte beide freundschaftlich. Ein heftiger Hustenanfall erschütterte seinen ganzen Körper. Er spuckte Schleim und Blut aus.

„Mensch Bruno, das sieht nicht gut aus. Du musst zum Arzt und dich schonen."

„Ach was, ich muss den Kampf der Camaradas hier unterstützen. Das ist viel wichtiger!"

Auf der Treppe sprach jetzt der Mann, der Mario und Maria empfangen hatte, in sein Megaphon.

Sie verstanden nur Wortfetzen: „...Regierung gibt nicht nach... Der Kampf... Bleibt hier, auch die Nacht über..."

Der Rest ging im Pfeifkonzert und lautstark gerufenen Parolen unter.

„Bruno, was ist mit dir?"

Mario sah bestürzt seinen alten Freund an.

„Ach nichts...Mir ist nur etwas schwindelig..."

Bruno versuchte noch sich abzustützen, stürzte dann aber doch auf den Boden.

„Wir brauchen etwas zu trinken", rief Mario.

„Und einen Krankenwagen! Schnell!"

7. März 2019 - Vormittags

28

„Hast du das schon gesehen, Paulo? Tomas Silva hat sich mal wieder selbst übertroffen!"

Ricardo deutete auf die aktuelle Ausgabe der Tavira de Manhã.

„IST DAS DER MÖRDER VON RODRIGUES?"

Die balkengroße fett gedruckte Überschrift zu dem Artikel auf der Titelseite war nicht zu übersehen. Die zwei Fotos direkt darunter zeigten Simão Mendes, braungebrannt mit Sonnenbrille vor einem Salzberg auf dem Tavisal-Gelände. Auf dem anderen Foto war sein total demolierter Qashqai zu sehen.

„Simão Mendes, der Geschäftsführer von Tavisal hat den Immobilienmakler Afonso Rodrigues am letzten Sonntag umgebracht. Das legen zumindest Informationen nahe, die Tavira de Manhã exklusiv vorliegen. Gestern Mittag ist Simão Mendes bei einem Verkehrsunfall tödlich verunglückt. Die Unfallursache gibt Rätsel auf. Mendes war ein guter und erfahrener Fahrer. Warum kam sein Nissan Qashqai dennoch auf der M 508 kurz vor einer Kurve von der Straße ab? War es Selbstmord, weil er mit der Schuld, die er auf sich geladen hatte, nicht fertig wurde? Oder war es Mord, weil er in schmutzige Geschäfte verwickelt war? Tavira de Manhã ist im

Besitz einer Vereinbarung zwischen Rodrigues und Mendes zur Aufteilung von Schmiergeldern für das Ferienanlagenprojekt."

„Das sind doch alles nur Spekulationen. Und das mit dem Unfall ist doch an den Haaren herbeigezogen. Was schreibt der denn da? Wo bleibt seine berühmte Recherche?"

„Es kommt noch besser." Ricardo las weiter vor:

„Trotz dieser offensichtlichen Tatsachen verfolgt die Polícia Judiciária (PJ) eine völlig andere Spur: Wie Antonio Teixeira von der PJ aus Faro gestern in einer Pressekonferenz verkündete, geht die Polizei davon aus, dass das Mordmotiv im privaten Bereich liegt. Dabei geht es offensichtlich um Sex und Eifersucht. Es gäbe einen Hauptverdächtigen, der bereits festgenommen worden sei, so Teixeira. Nach Informationen von Tavira de Manhã hat der Verdächtige allerdings für die Tatzeit ein Alibi. Und es stellt sich die Frage, wie der Einbruch in Rodrigues Haus in der Nacht zum gestrigen Mittwoch mit dem Mord zusammenhängt. Bei dem Einbruch wurde das Arbeitszimmer des Mordopfers durchsucht und die Witwe Leticia Rodrigues brutal niedergeschlagen. Sie liegt jetzt mit schweren Kopfverletzungen im Centro Hospitalar Universitário do Algarve in Faro. Auch hier kommt die JP nicht voran. Warum nicht? Liegt es an der fehlenden personellen Ausstattung in Tavira? Nur zwei Kommissare und eine junge Kommissaranwärterin kümmern sich um den komplizierten Fall. Oder ignoriert die JP bewusst alle eindeutigen Spuren, die auf

einen Zusammenhang zwischen dem Mord und dem
geplanten Ferienanlagenprojekt deuten?"

„Was will Silva denn damit andeuten? Was ist denn bloß in den Kerl gefahren? Wird Tavira de Manhã jetzt zum Revolverblatt? Mit dem werde ich einmal ein ernstes Wort reden müssen."

„Bom dia. Ah, das gesamte Ermittlerteam ist versammelt. Mit wem musst du einmal ein ernstes Wort reden, Paulo?"

Tomas Silva hatte unbemerkt den Raum betreten. Lässig lehnte er am Türrahmen.

„Bom dia, Tomas. Du kommst genau zur richtigen Zeit. Was schreibst du da eigentlich für einen Mist zusammen? So eine Mischung aus Wahrheiten und Halbwahrheiten bin ich von Tavira de Manhã gar nicht gewohnt. Ich dachte, ihr seid eine seriöse Zeitung."

„Reg dich doch nicht so auf, Paulo. Die Fakten stimmen und sind sauber recherchiert. Und als Lokalzeitung ist es unsere Pflicht, den Fragen nachzugehen, die sich daraus ergeben. Mensch Paulo, ich unterstütze euch doch. Oder braucht ihr nicht dringend Verstärkung, auch wenn ihr ein gutes Team seid? Schaut mal hier. Ich habe euch die Kopie der Vereinbarung mitgebracht, die Rodrigues und Mendes geschlossen haben."

„Danke, die haben wir selbst und zwar im Original mit den Unterschriften. Wo hast du die eigentlich her?"

„Und seit wann haben sie die?", ergänzte Isabel.

„Und wusste Mendes, dass sie die Vereinbarung haben?", fragte Ricardo als dritter.

Tomas Silva steckte die Kopie wieder ein.

„Na, wenn ihr sie schon kennt, ist es ja gut. Natürlich habe ich Mendes mit der Vereinbarung konfrontiert - vorgestern in seinem Büro. Er hat alles abgestritten. Woher ich die Vereinbarung habe, kann ich euch leider nicht sagen. Das versteht ihr bestimmt: Informantenschutz. Habt ihr denn was Neues zu dem Einbruch?"

„Du wirst es erfahren, sobald wir es für nötig halten, Tomas. Du wirst verstehen: Polizeiliche Ermittlungsarbeit", entgegnete Paulo.

„Okay, okay. Man wird ja wohl noch mal fragen dürfen. Ich habe zu tun und ihr bestimmt auch. Áte logo. Bis zum nächsten Mal!"

Silva drehte sich um und verließ den Raum.

„Der ist wirklich neben der Spur. Was bezweckt der nur mit diesem Artikel? Wie machen wir denn jetzt weiter?", fragte Isabel.

„Was haben deine Nachfragen in Monte Gordo ergeben?"

„Ein wasserdichtes Alibi sieht anders aus. Ich habe mit der Nachtschicht des Hotels Yellow Praia gesprochen. Sie hat Raul zwar gegen elf Uhr abends gesehen, als er in sein Hotelzimmer ging. Und er ist am nächsten Morgen gegen acht Uhr abgereist. Dazwischen hat ihn allerdings keiner gesehen. Beim Frühstück hat er noch eine volle Kaffeetasse umgestoßen."

„Er könnte also das Hotel durch den Hintereingang verlassen haben, ist nach Santa Luzia gefahren, hat Rodrigues erstochen und ist dann unbemerkt wieder ins Hotelzimmer zurückgekehrt. Und du Ricardo? Hast du auch noch was Neues?"

„Klar, ich war ja gestern nicht untätig: Die dritte Sofadarstellerin hat auch ein glaubhaftes Alibi und scheidet damit als Täterin aus. Oliveira ebenfalls. Seine Frau hat sein Alibi bestätigt. Er ist kurz nach Mitternacht ziemlich betrunken nach Hause gekommen. Und ich habe mich nach den Klagen gegen Rodrigues erkundigt. In den letzten Jahren sind drei eingereicht worden, eine übrigens von Rechtsanwalt Dr. Coelho, dem Vater von der Umweltaktivistin. Aber die liegen alle schon etwas zurück. Ich kann mir nicht vorstellen, dass jemand Jahre später Rodrigues deswegen umbringt."

„Und Mendes?"

„Dessen Alibi ist leider wasserdicht. Der war wirklich in Lissabon", entgegnete Ricardo.

„Gut, wir müssen auf jeden Fall noch einmal Raul Perreira befragen. Den konnten wir ja leider nicht länger als eine Nacht festhalten. Ricardo, wir fahren da gleich noch einmal hin. Machst du bitte aber vorher noch einmal bei der GNR etwas Druck. Die sollen das Auto von Mendes ganz schnell untersuchen, ob da nicht doch jemand etwas manipuliert hat.

Isabel, ich hatte dir doch gestern Abend noch die Namen von den Geheimpolizisten aus der Truppe von Antonio Rosario geschickt. Hast du da schon was herausfinden können?"

„Ja, habe ich tatsächlich. Da gibt es nur noch einen, den wir befragen können. Zwei der Herren haben sich nach Brasilien abgesetzt, einer ist vor drei Jahren gestorben. Bleibt nur noch Duarte Ferreira. Der wohnt seit einiger Zeit auch in Cabanas und ist mehrfach in unserer Polizeidatei gespeichert: Hehlerei, Dokumentenfälschungen und Erpressungen. Ein richtiger Kleinkrimineller."

„Danke Isabel, versuchst du bitte auch noch etwas über diesen Antonio Rosario rauszubekommen? Was hat der in den letzten Jahren gemacht? Welche Verbindung gibt es zu Afonso Rodrigues? Ricardo und ich werden diesen Duarte Ferreira mal befragen, wenn wir mit Raul Perreira gesprochen haben."

Ricardo nickte erfreut. Endlich mal wieder Verhöre vor Ort.

„Isabel, mach mal das Radio lauter, bitte."

Der Regionalsender von RTP brachte gerade Nachrichten.

„*Wie das Unternehmen O Turismo S/A heute Morgen in Lissabon bekanntgegeben hat, werden die Pläne für eine große Ferienanlage auf dem Gelände der Firma Tavisal in Santa Luzia bei Tavira nicht weiterverfolgt. Die notwendigen Eingriffe in das Naturschutzgebiet Ria Formosa seien zu groß, habe ein Umweltgutachten ergeben. Zu den aufgekommenen Vorwürfen eines Schmiergeldfonds nahm das Unternehmen keine Stellung.*"

29

Ricardo pochte an der Wohnungstür. Keine Reaktion. Er versuchte es noch einmal. Nichts! Ricardo und Paulo schauten sich an.

„Ich habe ihn eben doch noch auf dem Balkon gesehen. Hoffentlich ist Vitoria nicht zu ihm zurückgekehrt."

Ricardo hämmerte so heftig gegen die Tür, dass seine Fingerknöchel langsam rot anliefen.

„Polícia Judiciária! Herr Perreira, machen sie endlich auf!"

Nach einer weiteren Minute des Wartens hörten sie schlurfende Schritte. Die Wohnungstür öffnete sich einen Spalt.

„Ahh.... die Herren von der... „Polisa Judisara." Bom dia! Womit ... Womit kann ich denn dienen? Meine Frau, ich meine, meine ehemalige Frau ist nicht hier..."

Rauls Hemd war voller Flecken und falsch geknöpft. Seine Hose wäre ebenfalls besser in der Waschmaschine aufgehoben als am Körper des angetrunkenen Mannes. Auch eine Dusche hätte Raul gutgetan. In der Wohnung roch es wie in einer Kneipe, die nach einer langen Nacht noch nicht sauber gemacht worden war. Der Aschenbecher auf dem Couchtisch war unter den Zigarettenkippen kaum noch zu erkennen. Überall standen Sagres-flaschen herum, teils halb voll, teils umgekippt. Auf dem Fußboden hatten sich Bierlachen gebildet.

Raul schwenkte eine halbvolle Sagresflasche hin und her.

„Wollen, wollen die Herren Kommissare auch einen Schluck? Ich sage ihnen: Sagres ist das beste Bier."

Ricardo schüttelte den Kopf und rümpfte die Nase. „Ich möchte nicht wissen, wie die Küche aussieht."

„Verstehe: Sie dürfen im Dienst ja nicht trinken. Aber ich... Ich darf trinken. Immer. Ich bin ja jetzt nie mehr im Dienst. Gefeuert....! Was wollen sie denn noch? Der Mord an diesem Schwein ist doch geklärt. Steht doch in der Zeitung. Ich kann diesen Mendes nur beglückwünschen. Das hat er prima hingekriegt. Saúde!"

„Wir hätten noch einige Fragen, Herr Perreira. Können wir vielleicht auf den Balkon gehen?"

„Gerne. Folgen sie mir unauffällig."

„Lassen sie die Flasche mal hier. Die bringt ihnen Vitoria auch nicht zurück."

Paulo nahm ihm das Sagres aus der Hand.

Auch der Balkon war übersät mit leeren Sagres-und Weinflaschen.

„So, jetzt erzählen sie uns bitte noch einmal ganz genau, was sie an dem 3. März abends und in der Nacht in Monte Gordo gemacht haben."

„Das habe ich doch alles schon gesagt. Erst ein Geschäftsessen und dann bin ich in dieses Hotel gegangen.... Wie, wie hieß das noch?"

„Yellow Praia", half Ricardo ihm auf die Sprünge.

„Richtig. Wusste ich es doch. Irgendwas mit Strand..."

„Und was haben sie dann auf dem Zimmer gemacht?"

„Noch etwas Fernsehen gesehen und dann ins Bett, leider alleine."

„Also haben sie kein Alibi. Hören sie auf uns zu belügen! Ich sage ihnen mal, wie das abgelaufen ist."

Ricardo überwand seinen Widerwillen und beugte sich zu dem unangenehm riechenden Perreira vor. Er blickte ihm ihn die Augen:

„Sie wussten von der Affäre ihrer Frau mit Rodrigues. Sie hatten doch einen Detektiv auf sie angesetzt. Sie haben das Yellow Praia in der Nacht durch den Hintereingang verlassen, sind zum Tavisal-Gelände gefahren und haben Rodrigues erstochen. Danach sind sie schnell wieder nach Monte Gordo zurück und haben sich in ihr Hotelzimmer geschlichen. Von Monte Gordo braucht man über die N 125 in der Nacht eine knappe halbe Stunde nach Santa Luzia. Die A 22 konnten sie ja wegen der elektronischen Mautüberwachung nicht nehmen. Am nächsten Morgen haben sie dann beim Frühstück extra eine Kaffeetasse umgeworfen, damit man sich an sie erinnert."

„Was für ein Quatsch, Herr Kommissar. Ich habe doch schon gesagt: Ich habe Fernsehen geguckt, noch ein paar Sagres getrunken und bin dann eingeschlafen. Ich habe diesem Schwein echt den Tod gewünscht. Aber ich war das nicht. Woher sollte ich denn wissen, wo er in der Nacht ist? Außerdem: Ich war viel zu betrunken. Ich konnte nicht mehr Auto fahren."

„Aber sie haben ein Motiv und sie haben kein ordentliches Alibi. Dass sie gewalttätig sind, haben sie ja schon oft genug bewiesen. Gestehen sie doch endlich!"

Raul rutschte unruhig auf seinem Stuhl hin und her. Die Kopfschmerzen meldeten sich zurück. Er versuchte verzweifelt, sich an Einzelheiten der Nacht zu erinnern. Bei dem Geschäftsessen war ordentlich Vinho Branco geflossen. Der erfolgreiche Abschluss musste schließlich begossen werden.

Ricardo und Paulo warteten ungeduldig auf eine Antwort. Selbst in der frischen Luft war es kaum auszuhalten.

„Komm wir gehen, nehmen Raul mit und bringen den erst einmal in eine Ausnüchterungszelle", schlug Paulo vor.

"Mit dem setze ich mich nicht zusammen in ein Auto." Ricardo schüttelte angewidert den Kopf.

„Moment die Herren. Mir ist, mir ist da noch was eingefallen. Genau!"

Raul schlug sich mit der flachen Hand an die Stirn.

„Autsch! Ich habe ja noch Fernsehen geguckt. Irgend so eine Telenovela aus Brasilien. Ich hatte den Ton wohl ziemlich laut gedreht. Auf jeden Fall hat es nach einer Weile an meiner Tür geklopft und der Zimmernachbar hat sich über die Lautstärke beschwert. Ja, jetzt fällt es mir wieder ein. So war es.... Ich schwöre!"

„Das sollen wir glauben?" Ricardo schüttelte den Kopf. „Wann war das denn? War es der Nachbar zur Linken oder zur Rechten? Ist er denn ins Zimmer gekommen? Den Namen kennen sie wahrscheinlich auch nicht?"

„Keine Ahnung, wie der hieß. Aber das muss doch das Hotel wissen. Der hat mich gesehen. Ich habe ja die Tür aufgemacht. Das muss nach Mitternacht gewesen sein."

„Gut, wir werden das überprüfen. Aber aus dem Schneider sind sie noch lange nicht. Bleiben sie auf jeden Fall in Cabanas. Wegen der versuchten Vergewaltigung werden sie sich ja auch noch verantworten müssen", wies Paulo ihn an.

„Und hören sie auf zu saufen und räumen sie ihren Schweinestall auf. Até logo."

„Und? Glaubst du dem?"

Ricardo sah Paulo fragend an.

„Kann schon sein. In einem hat er ja Recht. Woher sollte er wissen, dass Rodrigues in der Nacht auf dem Tavisal-Gelände war?"

„Vielleicht hat er sich dort mit ihm verabredet, es kam zum Streit und Raul hat in seiner Wut zugestochen."

Paulo schüttelte den Kopf.

„Kann ich mir nicht vorstellen. Der war doch in der Nacht ziemlich betrunken. Isabel soll das mal mit dem Zimmernachbarn überprüfen."

„Wenn sie dazu kommt", dachte er noch. In dem Punkt hatte Tomas Silva Recht. Sie brauchten dringend Verstärkung. Sie fanden einfach keine klare Spur in dem Fall. Im Gegenteil: Es wurde immer unübersichtlicher. Und jetzt kamen auch noch diese mysteriösen Spuren in die Vergangenheit hinzu.

Paulos Stimmung war im Keller. Und es verbesserte seine Laune auch nicht, dass Fabiana ihm gestern zwar charmant, aber sehr deutlich klar gemacht hatte, dass die Affäre zwischen ihnen nicht wiederaufleben würde.

30

„Wir haben den falschen Beruf gewählt, Paulo…"

Ricardo riss seinen Chef aus seinen düsteren Gedanken. Sie hatten die kopfsteingepflasterte hübsche Uferpromenade von Cabanas erreicht. Ricardo
deutete auf ein zweistöckiges weißes Haus auf der
linken Seite.

„Das muss es sein."

Das Haus war frisch gestrichen. Die Fenster mit
den dunkelgrünen Holzrollläden waren gelb um-
randet.

„Das Apartment von Ferreira liegt im ersten
Stock. Das sind doch bestimmt drei oder vier Zimmer und zwei Balkone mit einem herrlichen Blick
über das Wasser. Hat bestimmt eine Menge Geld
gekostet."

Paulo nickte. „Erstaunlich, was man mit Hehlerei, kleinen Diebstählen, Erpressungen und Fäl-
schungen so an Geld machen kann."

„Und der Mercedes hier gehört ihm bestimmt
auch: E Klasse Coupé, maximal zwei Jahre alt. Der
kostet doch ein Vermögen."

Paulo parkte seinen Renault direkt vor dem Mercedes. Sie überquerten die Straße und klingelten an
der Eingangstür. Sofort ertönte der Summer.

Duarte Ferreira musste sie vom Balkon aus gesehen haben.

Paulo und Ricardo zeigten ihre Dienstmarken.

„Ach, die beiden Kommissare. Welch Ehre, dass sie mich besuchen. Treten sie ein. Darf ich ihnen etwas anbieten? Worum geht es denn? Der Fall Rodrigues ist doch schon gelöst, wenn man der Tavira de Manhã glauben darf."

„Danke für das Angebot, aber wir möchten nichts trinken."

Ricardo sah sich in dem Wohnbereich um: Das Mobiliar war neueren Datums. Geschmackvoll, aber auch nichts Außergewöhnliches. An der Wand hing allerdings ein riesiger Flachbildfernseher mit einer Bildschirmdiagonale, die fast so groß war wie eine Kinoleinwand im NOS-Cinema in Tavira. Dazu eine Dolby Surround-Anlage mit vier großen nagelneuen Lautsprechern.

Ricardo blickte voller Neid auf den Fernseher und die Anlage. Damit fühlte man sich bei einer Liveübertragung ja fast wie im Drachenstadion von Porto.

„Ein paar offene Fragen gibt es schon noch zu dem Fall, Herr Ferreira."

„Da bin ich aber mal gespannt, wie ich denn der überlasteten Polícia Judiciária weiterhelfen kann."

„Wir werden sehen. Kannten sie eigentlich Afonso Rodrigues?"

„Nicht wirklich, Herr Carvalho. Ich wusste natürlich, wer er war. Ab und zu habe ich ihn in meiner Stammkneipe hier um die Ecke gesehen und vielleicht mal ein paar Worte gewechselt. Aber „Kennen" würde ich das nicht nennen."

„Sie waren also nie im Haus von Rodrigues und hatten auch keine geschäftlichen Verbindungen?", setzte Ricardo nach. „Sie sind ja durchaus als umtriebiger Geschäftsmann bekannt."

Ferreiras Miene verfinsterte sich schlagartig. „Ach, daher weht der Wind. War ja klar, dass sie in meine Akte geschaut haben. Aber das ist vorbei, schon seit mehreren Jahren. Ich habe meine Strafen bekommen und mich zur Ruhe gesetzt. Ich bin ja auch nicht mehr der Jüngste."

Paulo glaubte zwar nicht, dass Ferreira seine kriminellen Aktivitäten vollständig eingestellt hatte. Aber die letzten Akten bei der Polizei über ihn waren tatsächlich etwa dreieinhalb Jahre alt. Er war im Oktober 2015 erwischt worden, als er versuchte, gestohlene hochwertige Elektronikgeräte zu verkaufen. Danach gab es nur noch Tickets für zu schnelles Fahren.

„Sagt ihnen der Name Antonio Rosario etwas?"

Für einen Sekundenbruchteil schien in Ferreiras Gesicht Überraschung erkennbar zu sein. Er drehte sich um und deutete auf die offene Tür zum Balkon.

„Sie scheinen ja doch eine ganze Menge Fragen zu haben. Dann sollten wir uns doch lieber setzen. Genießen wir die schöne Mittagssonne auf meinem Balkon. Sie wollen wirklich nichts trinken, vielleicht ein Àgua mineral com gas?"

Paulo und Ricardo schüttelten erneut den Kopf.

„Wie war noch einmal der Name?"

„Antonio Rosario."

„Nein, kenne ich nicht. Wer soll das sein?"

„Ich helfe ihnen gerne auf die Sprünge: Antonio Rosario war ihr Chef bei der Geheimpolizei - vor gut fünfundvierzig Jahren in Lissabon. Sie gehörten zu seiner Truppe, die politisch Andersdenkende festgenommen und im Gefängnis von Caxias gefoltert haben."

„Ach, das liegt doch lange zurück, Herr Carvalho. Stimmt, wir haben damals einige Gefangene etwas härter anfassen müssen, damit sie über ihre kommunistischen und terroristischen Aktionen reden. Aber ich war damals gerade einmal zwanzig. Wie hieß der Mann nochmal?"

„A n t o n i o   R o s a r i o." Ricardo wurde ungeduldig.

"Ja, richtig. Jetzt fällt es mir wieder ein. Antonio, unser Chef."

„Wissen sie denn, was Herr Rosario nach der Nelkenrevolution gemacht hat?"

„Keine Ahnung. Außerhalb unseres Dienstes hatte ich kaum Kontakt zu ihm. Ich glaube, Antonio kam aus Nordportugal, „Trás-os-Montes". Sie wissen schon: „Hinter den Bergen"".

Paulo kannte die Gegend im äußersten Nordosten von Portugal. Er hatte einmal mit seiner zweiten Frau Teresa Urlaub in dieser dünnbesiedelten Gegend gemacht, in der die Zeit scheinbar stehengeblieben war. Die Einsamkeit hatte ihm gut gefallen. Und die Hauptstadt Bragança mit ihren knapp 35.000 Einwohnern hatte auch einiges zu bieten.

Mit Teresa hatte er sich das älteste Rathaus Portugals, das Domus Municipalis aus dem 15. Jahrhundert und die Renaissance-Kathedrale angesehen. Sie waren gut gelaunt an der alten Stadtmauer langspaziert und spaßeshalber hatte sich Paulo an den Schandpfahl gestellt.

„Das waren ja unruhige und für uns schwierige Zeiten. Nach der Nelkenrevolution wollten die doch aus Portugal eine Sowjetrepublik machen und uns alle an die Wand stellen. Vielleicht ist Antonio ja in den Norden zurückgegangen oder hat sich nach Spanien abgesetzt. Aber was hat das alles denn mit mir und dem Mord an Rodrigues zu tun?"

„Soso. Unruhige und schwierige Zeiten!"

Paulo konnte seinen Unmut nicht verbergen.

„Ich glaube kaum, dass sie um ihre Gesundheit und ihr Leben fürchten mussten – im Gegensatz zu ihren Gefangenen. Was haben sie denn eigentlich in den Jahren nach der Nelkenrevolution gemacht?"

„Ich bin wieder zurück an die Algarve. Da komme ich ja her. Ich habe lange in Faro gewohnt und mich so durchgeschlagen. Vor drei Jahren habe ich dann dieses Apartment gekauft und bin nach Cabanas gezogen."

„Das Apartment war doch bestimmt nicht ganz billig. Und wenn ich mir so den Fernseher und die Musikanlage anschaue... Gehört der Mercedes vor der Haustür auch ihnen?"

Duarte Ferreira nickte.

"Wo haben sie denn das ganze Geld her?"

„Ich habe immer etwas zur Seite gelegt. Meine Einnahmen waren ja steuerfrei! Und dann sind vor drei Jahren meine Eltern gestorben. Da habe ich ein wenig geerbt. Wars das jetzt? Ich habe noch eine Verabredung. Sie wissen doch: Rentner haben einen vollen Terminkalender."

Ferreira grinste breit und strich sich mit seiner Hand über seine spärlichen Haare auf dem Kopf.

„Eine letzte Frage, Herr Ferreira: Können sie erklären, wie der alte Dienstausweis von Rosario in das Arbeitszimmer von Rodrigues gekommen ist?"

Paulo beobachtete Ferreira. Der verzog keine Miene und zuckte nur mit den Schultern.

„Keine Ahnung. Woher soll ich das wissen? Ich habe ihnen doch schon gesagt, dass ich Antonio aus den Augen verloren habe und Herrn Rodrigues auch nur flüchtig kannte. Wenn sie jetzt keine weiteren Fragen haben."

„Ja, das wars erst einmal", entgegnete Paulo.

„Wir finden schon raus. Wenn ihnen noch etwas einfällt...Sie wissen ja, wo sie uns erreichen. Bom dia."

„Der lügt doch wie gedruckt. Dem glaube ich kein Wort."

Paulo nickte.

„Das mit dem Erbe war auf jeden Fall gelogen. Seine Eltern sind zwar wirklich vor drei Jahren gestorben. Aber meine Eltern kannten die Ferreiras. Sie haben mir gestern erzählt, dass die gerade einmal genug Geld zum Leben hatten. Zum Vererben war da sicherlich nichts. Ich glaube, der hatte mit Antonio Rosario viel mehr zu tun, als er behauptet hat - auch noch nach der Nelkenrevolution."

„Und Rodrigues kannte er bestimmt auch besser als er zugegeben hat. Schau dich mal unauffällig um."

Ferreira saß auf seinem Balkon und beobachtete die beiden Kommissare. Als er bemerkte, dass Paulo und Ricardo ihn sahen, stand er auf und ging in seine Wohnung zurück.

Die beiden stiegen in den alten Renault. Paulo ließ den Motor seines Wagens an.

„Lass uns mal ein kleines Stück die Uferpromenade langfahren, um aus dem Blickfeld von Ferreira zu kommen. Dann warten wir ein bisschen. Ich habe so ein Gefühl, dass der etwas vorhat."

31

Isabel stellte den Wagen ihrer Mutter auf dem Besucherparkplatz ab. Sie stieg aus und merkte sofort, wie ihre Knie weich wurden. Sie stützte sich mit der rechten Hand auf das Dach des Autos und atmete tief durch.

„Reiß dich zusammen, du blöde Kuh!"

Es war wie verhext. Immer wenn sie im „Centro Hospitalar Universitário do Algarve" in Faro war, reagierte ihr Körper so. Dabei war es schon etliche Jahre her: 2001 - sie war gerade fünf Jahre alt - war ihr Vater zu Hause zusammengebrochen und musste mit einem akuten Magendurchbruch in das Universitätskrankenhaus eingeliefert werden. Es war völlig überfüllt. Auf den Gängen lagen schwerkranke Patienten und warteten auf ihre Operationen.

Das Leben ihres Vaters hing am seidenen Faden. Die Operation dauerte eine Ewigkeit. So kam es zumindest der kleinen Isabel vor. Stunden, in denen sie, ihre Mutter und ihr Bruder nichts tun konnten, außer Beten.

Heute bezweifelte Isabel allerdings, ob das Beten ihrem Vater geholfen hatte. Geholfen hatten wohl eher die Ärzte: Ihr Vater überlebte. Die Angst aber, ihren Vater oder einen anderen geliebten Menschen zu verlieren, ließ Isabel seitdem nie mehr los - vor allem wenn sie ein Krankenhaus betreten musste.

Isabel atmete noch einmal tief durch und sog die kühle frische Luft ein. Sie steuerte den Besuchereingang an. Das Krankenhaus im Norden der Stadt bestand aus mehreren drei bis fünfstöckigen Gebäuden, die in beige gehalten waren. Wenig einladend, wie Krankenhäuser nun mal sind. Von dem Gelände konnte man die Flutlichtmasten des Estadio de São Luis sehen, in dem der SC Farense seit 2002 in der zweiten portugiesischen Liga kickte.

Mit immer noch weichen Knien ging Isabel die Stufen zum Besuchereingang hoch. Alle drei Empfangsschalter waren besetzt, aber der Schalter drei wurde gerade frei. Eigentlich musste man eine Wartenummer ziehen. Das aber ignorierte Isabel und ging direkt zum Schalter. Sie zeigte der jungen Frau ihre Dienstmarke.

„Leticia Rodrigues? Einen Moment bitte."

Die Frau sah auf den Bildschirm ihres Computers und telefonierte kurz.

„Einen Augenblick. Eine Schwester bringt sie gleich hin, Frau Gomes."

Die Krankenschwester, die wenige Minuten später Isabel in Empfang nahm, war das komplette Gegenteil der freundlichen Frau am Empfang.

Sie warf der jungen Kommissaranwärterin einen unfreundlichen Blick zu.

„Muss das wirklich sein? Frau Rodrigues ist noch sehr geschwächt. Hat das nicht noch Zeit bis morgen?"

„Das hat es nicht. Es geht hier um die Aufklärung eines Mordfalles, wie sie vielleicht mitbekommen haben", entgegnete Isabel spitz.

„Wenn es denn absolut sein muss. Aber keinesfalls länger als zehn Minuten."

Isabel nickte pflichtschuldig. Sie betrat das Krankenzimmer, in dem die Patientin glücklicherweise allein lag. Isabel erschrak, als sie Leticia sah. Alle Farbe war aus ihrem Gesicht gewichen. Sie hatte tiefe Ränder unter den Augen und sah müde aus. Ein großer Verband zierte ihren Kopf. Schläuche ragten aus ihren Armen.

Isabel zog sich einen Plastikstuhl an das Bett.

„Ich hoffe, es geht ihnen etwas besser. Leider muss ich ihnen noch ein paar Fragen stellen."

Leticia nickte schwach.

„Sagt ihnen der Name Antonio Rosario etwas?"

Leticia überlegte. Nach einer Weile schüttelte sie schwach den Kopf.

„Den Namen habe ich noch nie gehört. Wer ist das?"

„Schauen sie einmal hier. Das ist ein Foto von ihm. Allerdings ist das schon fast fünfzig Jahre alt und sehr verblichen."

Isabel zeigte Leticia den Dienstausweis von Antonio Rosario.

„Den haben wir im Arbeitszimmer ihres Mannes gefunden. Wir vermuten, dass der Einbrecher danach gesucht hat."

Leticia richtete sich langsam in ihrem Bett auf und betrachtete das Foto. Sie schüttelte erneut den Kopf.

„Und, haben sie den schon einmal gesehen?"

Diesmal nickte Leticia. Sie erkannte Duarte Ferreira sofort wieder.

„Ja, den habe ich in unserem Haus gesehen, sogar mehrmals. Ich weiß aber wirklich nicht, was er mit Afonso zu tun hatte. Mein Mann hat gesagt, dass er ihn schon länger kennt. Sie waren ja auch ungefähr im gleichen Alter. Mehr hat er mir aber nicht erzählt."

„Wie oft haben sie den Mann denn gesehen? Wissen sie noch, wann er das letzte Mal bei ihnen war?"

„Ich glaube so ein-, zweimal im Jahr war er bei uns, es kann auch häufiger gewesen sein. Das letzte Mal ist noch gar nicht so lange her, ich meine Mitte Februar. Ich erinnere mich deshalb so genau, weil die beiden sich im Arbeitszimmer von Afonso ziemlich heftig gestritten haben. Ihre Stimmen habe ich sogar auf der Terrasse gehört."

Isabel rutschte unruhig auf ihrem Stuhl hin und her. Hatten sie endlich eine konkrete Spur? Isabel beugte sich zu Leticia vor.

„Haben sie denn mitbekommen, worum es bei dem Streit ging?"

Nach einer Weile antwortete Leticia mit schwacher Stimme.

„Ich wollte ja nicht lauschen. Aber ein paar Worte konnte ich verstehen. Der Mann sagte so etwas wie:

„Ich habe dir damals geholfen. Und jetzt bist du mal dran." Mehr habe ich nicht mitbekommen."

In diesem Moment klopfte es an der Tür und die Krankenschwester kam herein.

„Jetzt ist es aber genug, Frau Gomes! Sie müssen zum Ende kommen. Ich habe ihnen doch gesagt, dass Frau Rodrigues sehr geschwächt ist. Außerdem kommt gleich die Visite."

„Ja, ja, in Ordnung. Nur eine letzte sehr wichtige Frage habe ich noch."

Ohne eine Reaktion der Krankenschwester abzuwarten, wandte sie sich erneut an Leticia.

„Wissen sie eigentlich, was ihr Mann in seiner Jugend, also vor und während der Nelkenrevolution gemacht hat? Vielleicht kannte er ja Antonio Rosario aus alten Zeiten?"

„Das weiß ich nicht. Und ich weiß auch nicht so genau, was er gemacht hat, bevor wir uns kennengelernt haben. Das ist jetzt ja etwa dreißig Jahre her. Afonso hat nicht viel von früher erzählt. Klar, er war bei der Armee wie alle jungen Männer und musste in Mosambik gegen die Frelimo kämpfen. Die Kameradschaft in der Truppe hat ihm wohl ganz gut gefallen, hat er mal gesagt. Aber sonst weiß ich nichts darüber."

Isabel nickte und wollte sich verabschieden.

„Darf ich das alte Bild noch einmal sehen?"

„Gerne, aber es ist nicht schlimm, wenn sie den Mann nicht erkennen. Sie haben uns schon sehr geholfen."

„In meinem Nachtschrank ist eine Lupe. Können sie mir die geben?"

Isabel gab ihr den alten Dienstausweis und die Lupe. Leticia schaute sich das Foto eine Zeitlang intensiv mit der Lupe an.

Isabel sah deutlich die Überraschung in ihrem Gesicht.

Die Kommissaranwärterin konnte ihre Spannung kaum noch verbergen. Sie sah aus den Augenwinkeln, dass die Schwester ungeduldig wurde und auf sie zukam. Und jetzt betraten auch noch zwei weitere Schwestern und drei Ärzte schwungvoll das Krankenzimmer und sahen Isabel missbilligend an.

„So, Frau Kommissarin, jetzt ist die Befragung beendet. Sie sehen doch, dass Frau Rodrigues erschöpft ist. Wir müssen sie jetzt noch einmal untersuchen. Lassen sie uns bitte unsere Arbeit machen."

Zu Isabels großer Erleichterung machte sich Leticia bemerkbar.

„Es geht schon. Nur noch eine Sache."

Sie legte die Lupe aus der Hand und sah Isabel an.

„Doch, jetzt bin ich mir sicher. Das ist Afonso. Sehen sie die Narbe unter dem linken Auge. Afonso hatte auch so eine. Was hat das nur zu bedeuten?"

21. Mai 1988

32

Pedro heulte – vor Wut und Schmerz. Er taumelte zurück, konnte sich aber gerade noch auf den Beinen halten.

„Merda, Scheiße – du hast mir die Nase gebrochen, du Mistkerl! Dafür wirst du büßen."

Pedros Versuch, seinen Kontrahenten in den Magen zu schlagen, misslang. Tomas wich geschickt aus. Er holte mit der Faust aus und setzte zu einem weiteren Schlag an.

Auf dem Schulhof der Lissabonner Escola Josefa de Óbidos hatte sich eine Traube um die Kampfhähne gebildet. Die einen feuerten lautstark Pedro an, die anderen Tomas.

Der fühlte, wie jemand mit einem festen Griff seinen Oberarm umklammerte.

„Schluss jetzt! Hör sofort auf!", herrschte Francisco Pinto, der Lehrer, der die Aufsicht in der ersten großen Pause hatte, Tomas an.

„Ach, du schon wieder! Das wird Konsequenzen haben. Und zwar ernsthafte!"

Tomas warf Pedro noch einen bösen Blick zu: „Beleidige meine Mutter nie wieder, sonst…"

Francisco Pinto hielt Tomas fest am Arm und verschwand mit ihm im Schulgebäude.

*

„Danke, dass du so schnell gekommen bist!"

Maria ging auf Mario zu, der in der offenen Wohnungstür stand. Sie küsste ihn zur Begrüßung auf die linke und rechte Wange, so wie es in Portugal unter Freunden üblich ist.

„Das ist doch selbstverständlich. Du warst sehr aufgeregt am Telefon. Was ist passiert? Du hast geweint?"

Sie setzten sich auf die schwere Ledercouch, die den Großteil des Zimmers ausfüllte. Maria wohnte immer noch in der Wohnung in der Rua Fernandez Tomas in Lissabon. Nach dem Tod von Fernandez hatten ihre Eltern sie zunächst finanziell unterstützt. Ab 1979 erhielt Maria dann für die Kinder eine kleine Pension aus dem neuen „Fonds für diejenigen, die für Freiheit und Demokratie kämpften". Bruno hatte ihr noch bei der Antragstellung geholfen. Den Erfolg seiner Bemühungen erlebte er aber nicht mehr. Kurz vor der guten Nachricht starb Bruno im Alter von nur 57 Jahren. Er hatte sich nie wieder von den Folterungen in Caxias erholt.

Vier Jahre nach dem Tod von Fernandez hatte Maria Tiago kennengelernt. Der Vierunddreißigjährige zog kurze Zeit später bei ihr ein. Das gemeinsame Glück mit Tiago dauerte aber nur drei Jahre. Dann hielt Maria es nicht mehr aus, wie er die kleine Almeira und vor allem den kleinen Tomas behandelte. Tiago schrie die beiden Kinder unentwegt an. Er schlug sie sogar, wenn sie seiner Meinung nach zu laut waren oder ihm nicht gehorchten.

„Ich kann nicht mehr! Es ist alles so viel! Und jetzt wollen sie sogar Tomas von der Schule werfen!"

„Wieso? Er ist doch ein guter Schüler!"

Maria schnaubte in ihr Taschentuch.

„Ja, das ist er. Aber er hat sich gestern in der Schule schon wieder geprügelt. Dabei hat er einem Mitschüler das Nasenbein gebrochen."

„Warum?"

„Das wollte Tomas mir nicht so richtig sagen. Nur, dass der Klassenkamerad mich beleidigt hat. Er hat wohl zu Tomas gesagt, dass der ja gar keinen richtigen Vater hat und ich..."

„Und deshalb wollen sie ihn gleich von der Schule schmeißen?"

„Es war nicht das erste Mal. Tomas gerät so schnell in Wut. Und dann schlägt er zu. Ich weiß wirklich nicht mehr, wie es weitergehen soll."

Mario schwieg und streichelte sanft über ihr Haar.

„Was ist mit Almeira? Wie geht es ihr?"

„Ach, die kommt ganz gut zurecht. Sie hat wirklich gute Freundinnen. Um sie mache ich mir keine großen Sorgen. Aber Tomas. Was soll ich denn noch tun? Ich wünsche mir so oft, dass Fernandez noch leben würde."

„Hast du denn den Kindern endlich erzählt, dass ihr Vater tot ist? Und wie er gestorben ist?"

Maria schüttelte den Kopf.

„Ich habe es nicht übers Herz gebracht. Und du weißt ja. Mit der Zeit wird es immer schwieriger, die Wahrheit zu sagen."

„Da hast du recht. Aber trotzdem: Du musst es ihnen sagen, auch wenn es schwerfällt. Die beiden sind doch schon groß. Almeira ist neunzehn und Tomas fünfzehn. Sind die beiden da?"

„Ich schaff das nicht. Nicht heute, nicht jetzt."

„Doch, bring es hinter dich. Soll, soll ich dabei sein?"

„Das würdest du für mich tun? Du bist so ein guter Freund."

Maria stand auf, wischte sich die Tränen aus den Augen, küsste Mario noch einmal auf die Wange und rief:

„Almeira, Tomas, kommt ihr bitte einmal."

7. März 2019 - Nachmittags

33

„Na also - da hatte ich ja den richtigen Riecher."

Ricardo sah unwillig von seinem Smartphone auf. Er chattete gerade mit seiner neuesten Eroberung, einer fünfundzwanzigjährigen Touristin aus Potsdam. Die Engländerin war vor zwei Tagen abgereist, nicht ohne ihm zu versprechen, dass sie ihren nächsten Urlaub wieder in Tavira verbringen werde. Ricardo hatte etwas von „fantastico" gemurmelt. Leider könne er sie nicht zum Flughafen nach Faro fahren,…die Arbeit.

Paulo deutete auf Ferreira, der etwa einhundert Meter hinter ihnen eilig zu seinem Mercedes lief.

Ricardo drehte sich vorsichtig um.

„Paulo, siehst du das? Der hat doch etwas in der Hand. So eine kleine Plastiktüte. Was hat der denn vor?"

„Das werden wir hoffentlich bald wissen."

Paulo startete seinen Renault und folgte Duarte Ferreira mit einigem Abstand. Der missachtete konsequent alle Geschwindigkeitsbegrenzungen. Er raste durch den kleinen Ort in Richtung N 125. Jetzt lag der Bahnübergang vor ihm. Die Schranken senkten sich. Ferreira beschleunigte seinen Mercedes und schoss noch über die Bahngleise, bevor die Schranken vollständig geschlossen waren.

„Mist, jetzt haben wir ihn verloren."

„Halt dich fest, Ricardo!"

Paulo riss das Steuer nach rechts und lenkte den Renault durch die alte schmale Unterführung der Bahnlinie, die immer noch geöffnet war.

An der Einmündung zur N 125 sahen sie den Mercedes von Ferreira wieder. Er raste mit quietschenden Reifen in den Kreisverkehr und verließ diesen an der dritten Abfahrt in Richtung Tavira.

„Naja, zum Golf spielen fährt er auf jeden Fall nicht."

Ricardo zeigte auf das Schild an der zweiten Ausfahrt: „Golfplatz Benamor".

„Überholverbot ist für den wohl ein Fremdwort", fluchte Paulo.

Wütendes Gehupe der entgegenkommenden Autos begleiteten Ferreiras waghalsige Überholmanöver. Ricardo hielt sich krampfhaft an seinem Beifahrersitz fest.

„Wo will der denn nur hin?"

Paulo antwortete nicht. Er konzentrierte sich darauf, den Mercedes nicht aus den Augen zu verlieren. Jetzt hing er hinter einem Kleinlaster fest. Auf einer kurzen geraden Strecke schaltete Paulo einen Gang herunter und setzte zum Überholen des mit Orangen beladenen Transporters an. Sein Renault war allerdings nicht der PS-stärkste und auf der Gegenfahrbahn näherte sich rasch ein Opel Corsa – ein Mietwagen, in dem eine vierköpfige Touristenfamilie saß.

Der Familienvater trat heftig auf die Bremse. Paulo konnte gerade noch rechtzeitig vor dem Kleinlaster wieder einscheren. Er hob kurz entschuldigend die Hand. Der Vater zeigte ihm wütend einen Vogel. Paulo blickte in die entsetzten Gesichter der Frau und der zwei Kinder auf dem Rücksitz.

„Na. Die sehen sich jetzt bestimmt in ihren Vorurteilen über die Raserei auf Portugals Straßen bestätigt. Die Portugiesen als schlechteste Autofahrer Europas."

Ricardo grinste.

Paulo zuckte mit den Schultern.

„Da vorne ist ja unser Freund."

Sie hatten jetzt den Kreisverkehr erreicht, an dem man von der N 125 zum „Centro Commercial", Taviras Einkaufszentrum abfahren konnte. Drei PKW waren zwischen dem Mercedes und dem Renault der beiden Kommissare.

Ferreira blieb auf der N 125, musste seine Geschwindigkeit aber ein wenig reduzieren, weil der Verkehr zugenommen hatte und die Kreisverkehre in kurzen Abständen aufeinander folgten. Sie passierten eine GALP-Tankstelle und Tavira verschwand hinter ihnen.

Ferreira beschleunigte wieder.

„Verdammt, was hat der vor?", knurrte Paulo und sah mit Sorge auf seine Tankanzeige. Hätte er bloß heute Morgen getankt, aber er hatte auf sinkende Benzinpreise gehofft.

„Sag mal, will der vielleicht zu dem Haus von Rodrigues?"

Plötzlich riss Ferreira das Steuer nach links und bog ohne zu blinken und ohne seine Geschwindigkeit nennenswert zu verringern in eine Nebenstraße ein. Die führte von der N 125 zur Ferienanlage Pedras d´el Rei und weiter nach Santa Luzia.

Ferreira raste über die schmale nur einspurig befahrbare Brücke, die die Bahnstrecke „Linha do Algarve" von Vila Real de Santo António bis Lagos überquerte. Die enge Straße schlängelte sich kurvenreich und mit leichtem Gefälle hinab zur Ria Formosa. Der Mercedes passierte die Ferienanlage Pedras d´el Rei und erfasste beinahe ein holländisches Touristenpärchen. In letzter Sekunde konnten sie noch zur Seite springen.

Noch eine scharfe Linkskurve und Ferreira hatte sein Ziel erreicht. Er stoppte vor dem Haus von Rodrigues und sprang hastig aus dem Mercedes, die Plastiktüte in der rechten Hand.

Paulo fuhr noch ein Stück weiter und suchte eine Parklücke. Ricardo sah in den Rückspiegel.

„Der geht gar nicht zum Haus von Rodrigues, sondern zur Schwimmbrücke."

Die Schwimmbrücke führte über einen Wasserarm zur kleinen Eisenbahn, die zum Barril-Strand fuhr.

Vom Barril-Strand war gerade der Zug mit seinen zwei Waggons angekommen. Knapp dreißig Personen kamen Ferreira entgegen. Der bahnte sich seinen Weg im Zickzack-Kurs durch die Menschen. Dabei rempelte er einige rücksichtslos an und stieß ein kleines Kind sogar um. Die Plastiktüte hielt er fest umklammert.

„Los, Ricardo, steig aus und lauf ihm hinterher. Schnell! Der hat doch was mit der Tüte vor. Ich suche einen Parkplatz und komme dann nach."

Ricardo war nicht sehr begeistert von der Anweisung seines Chefs. Immer musste er die Verfolgung übernehmen.

„Los, beeil dich! Der ist doch schon fast auf der Schwimmbrücke!"

Ricardo bequemte sich, aus dem Renault auszusteigen und die Verfolgung aufzunehmen.

Ferreira hatte fast die Mitte der Schwimmbrücke erreicht. Es war gerade Flut, so dass das Wasser des Seitenarmes etwa fünfzig Meter breit und mehrere Meter tief war. Er sah sich um. Jetzt war er allein auf der Brücke.

Ferreira nahm die Plastiktüte in seine rechte Hand, holte weit aus und wollte sie mit hohem Schwung über das Brückengeländer in das Wasser werfen.

Ricardo war noch knapp fünf Meter entfernt. Er hechtete auf Ferreira zu und stieß ihn um. Die Plastiktüte landete statt im Wasser auf den Holzplanken der Brücke.

Ferreira versuchte noch, die Tüte mit seinem Fuß ins Wasser zu befördern.

Vergeblich.

Ricardo hatte seine eleganten Santoni-Schuhe bereits auf die Tüte gestellt.

Ferreira rappelte sich hoch und flüchtete in Richtung Eisenbahnstation. Neben den Eisenbahnschienen verlief noch ein schmaler Fußweg aus mehr oder weniger geraden Betonplatten durch die Marsch.

Touristen und Einheimische, die zum Strand wollten, konnten so den Fahrpreis von einem Euro für die kleine Eisenbahn sparen, mussten dafür aber fast eine halbe Stunde Fußmarsch auf sich nehmen. Nur auf dem letzten Teil des Weges spendeten einige Bäume etwas Schatten.

Ricardo blickte sich um. Von Paulo war weit und breit nichts zu sehen. Er nahm die Plastiktüte und begann die Verfolgung Ferreiras.

Der hatte bereits die Eisenbahnstation hinter sich gelassen und lief den Plattenweg entlang. Die ihm entgegenkommenden Touristen bedachten ihn mit Kopfschütteln und Flüchen, als er sie umrannte, wenn sie nicht mehr rechtzeitig ausweichen konnten.

Ricardo rannte hinter ihm her.

Für sein Alter war Ferreira noch erstaunlich fit.

Der Abstand zwischen den beiden vergrößerte sich, auch weil Ricardo die ihm entgegenkommenden Menschen nicht so rücksichtslos umrennen wollte. Da ihm die kleine Eisenbahn gerade vom Strand entgegenkam, konnte er auch nicht über die Gleise ausweichen.

Es hatte keinen Zweck. Er würde den Flüchtenden nicht mehr einholen.

Ricardo blieb stehen. Er warf einen Blick in die Plastiktüte.

Etwas funkelte in den Sonnenstrahlen.

Ricardo stieß einen Pfiff aus als er erkannte, was die Sonnenstrahlen reflektierten: Die Klinge eines Anglermessers.

34

Paulo und Ricardo setzten sich an einen freien Tisch in einer Ecke der Terrasse des Restaurants „Museu de Atum".

Die Sonne strahlte vom wolkenlosen Himmel. Es war angenehm warm. Dennoch waren die Tische nur gut zur Hälfte besetzt. Im Juli und August sah das ganz anders aus.

Paulo und Ricardo konnten durch den gläsernen Windschutz auf den „Cemitério das Âncoras", den Ankerfriedhof schauen. Dort wo früher die Fischer ihre Boote anlandeten, lagen jetzt Hunderte von alten verrosteten Schiffsankern - ein von Touristen gern genutztes Fotomotiv.

Duarte Ferreira war ihnen erst einmal entwischt. Es machte keinen Sinn, ihn an dem kilometerlangen Strand oder in den Dünen zu suchen. Über kurz oder lang würde er ihnen sowieso ins Netz gehen. Ein Polizist observierte seinen vor Rodrigues´ Haus geparkten Mercedes. Und ein weiterer hatte Stellung an dem Anleger bezogen, an dem die Fähre vom Praia de Tavira nach Tavira übersetzte. Dies war neben dem Damm zum Barril-Strand derzeit die einzige Möglichkeit, die dem Festland vorgelagerte Ilha de Tavira zu verlassen. Die kleine Fähre vom Praia Terra da Estreita nach Santa Luzia fuhr nur vom Mai bis zum Oktober.

Gut möglich, dass Ferreira den Fluchtweg über Tavira wählen würde, auch wenn dies eine etwa fünf Kilometer lange Strandwanderung bedeutete.

Paulo sah in die vor ihm liegende Speise- und Getränkekarte.

„Ich habe einen Bärenhunger. Ich nehme ein Tosta Mista. Willst du auch etwas?"

Er lehnte sich zurück und ließ den Blick umherschweifen. In der ehemaligen Thunfischfangstation „Três Irmãos – Drei Brüder" am Barrilstrand waren neben dem Restaurant „Museu de Atum" noch zwei weitere Restaurants, ein paar Souvenirläden sowie sanitäre Anlagen untergebracht. Dazu gab es in dem Restaurantgebäude ein kleines Museum über den Thunfischfang.

Bis 1966 waren die Fischer mit ihren Booten von hier aus losgefahren, um den begehrten großen blauen Fisch zu fangen. Mit normalen Fangmethoden war dem schnellen und kräftigen Thunfisch allerdings nicht beizukommen. So hatten sich die Fischer ein Labyrinth aus Netzfallen ausgetüftelt, das sie vor der Küste installierten und in das sich die Thunfische auf ihrem Weg vom Nordatlantik zum Laichen im Mittelmeer hineinverirrten.

Jedes Jahr spannten die Fischer die dreißig Meter hohen Netze auf, die im Zickzack wie Wände aufrecht aus dem Meer herausragten. Am Meeresboden wurden sie mit Bleikugeln beschwert und von den tonnenschweren Ankern gehalten, die jetzt auf dem Cemitério das Âncoras ihre letzte Ruhe fanden. Immer tiefer schwammen die ahnungslosen Thunfische in die Falle.

Siebzig bis achtzig Männer waren notwendig, um sie aus den Netzfallen in die Boote zu hieven und an Land zu bringen. Ein Knochenjob, den auch Paulos Vater fünf Jahre für wenig Geld gemacht hatte. Dennoch war die Arbeit begehrt und wurde von Generation zu Generation weitervererbt.

Während der Fangsaison von April bis September lebten die Thunfischfänger sehr beengt in den kleinen Räumen der flachen, weiß getünchten Gbäude, teilweise sogar mit ihren Familien. Paulo war froh, dass er mit seinem älteren Bruder bei der Mutter in Cachopo bleiben durfte.

„Eine Kleinigkeit könnte ich auch gut vertragen. Auf Schinken und Käse habe ich aber keine Lust. Ich nehme ein Thunfisch-Toast und ein Sagres dazu."

Ricardo gab der Bedienung ein Zeichen, dass sie bestellen wollten.

Kurz darauf brachte diese ihre Toasts und zwei Sagres. Ricardo konnte seinen Blick von der dunkelhaarigen hübschen Frau nicht abwenden. Seine Flirtversuche scheiterten jedoch. Beharrlich ignorierte sie seinen Blick. Zudem klingelte in dem Augenblick sein Smartphone. Ricardo runzelte die Stirn. Die Nummer im Display kannte er nicht.

„Boa tarde. Ricardo Alves, Polícia Judiciária", meldete er sich in einer Lautstärke, dass die Bedienung es hören konnte.

„Tereza? Was ist los?"

Ricardo stand auf und entfernte sich vom Tisch, um ungestört telefonieren zu können. Beinahe hätte er dabei Isabel umgerannt, die sich gerade etwas außer Atem dem Tisch ihrer beiden Kollegen näherte.

Paulo hatte sie hierherbestellt, weil sie ihn nach dem Besuch bei Leticia ganz aufgeregt angerufen und von sensationellen Neuigkeiten gesprochen hatte.

„Paulo, du wirst es nicht glauben. Leticia hat Antonio erkannt und..."

Ricardo war zurückgekehrt und unterbrach sie. „Wisst ihr, wer das war?... Tereza."

Paulo und Isabel schauten Ricardo verständnislos an.

„Tereza. Eine der Geliebten von Afonsos Sofa. Und jetzt kommt es: Duarte hat versucht, sie mit den Sexaufnahmen zu erpressen. Er hatte also doch noch Kontakt zu Afonso. Und bestimmt war er auch der Einbrecher, der die Aufnahmen gesucht hat."

„Zwischen den Büchern? Das klingt nicht sehr wahrscheinlich." Isabel stoppte seinen Redefluss. Sie war sauer, dass Ricardo sich mal wieder in den Vordergrund spielte.

„Hört doch mal zu, was ich erfahren habe. Afonso ist Antonio und Antonio ist Afonso."

Isabel berichtete hastig von ihrem Besuch bei Leticia und dass Leticia ihren Mann auf dem Dienstausweis erkannt hatte.

„Afonso Rodrigues und Antonio Rosario. Fällt euch was auf?"

Ricardo blickte triumphierend in die Runde.

„Die Initialen. Sie sind gleich: A.R."

Selbst Paulo, den sonst nichts so schnell aus der Ruhe brachte, konnte eine gewisse Aufgeregtheit nicht verbergen.

„Ferreira war doch in der Geheimpolizeitruppe von Antonio. Und er hat uns offensichtlich über seine Kontakte zu Afonso belogen. Und er wollte die wahrscheinliche Tatwaffe entsorgen, nachdem wir ihn heute Morgen aufgeschreckt haben."

„Und er lebt auf großem Fuß. Wahrscheinlich hat er Antonio alias Afonso mit den Sexaufnahmen erpresst. Wir haben den Mörder", triumphierte Ricardo.

„Aber warum sollte er seine Geldquelle Afonso umbringen?", warf Isabel ein.

Auf Paulos Smartphone war eine neue SMS eingegangen.

„Das können wir ihn gleich selbst fragen. Duarte hat tatsächlich versucht, mit der Fähre nach Tavira überzusetzen."

27. Februar 2019

35

Mario Garcez winkte der Bedienung und bestellte sich einen zweiten Galão.

Wenn er in Santa Luzia war, ging er gerne in die Padaria Vila Doce. Der Galão schmeckte gut, der selbstgemachte Kuchen war köstlich, die Bedienung aufmerksam und nett. Und die Preise waren in Ordnung.

Mario blickte ab und zu von seiner Zeitung hoch. Er genoss den Blick über die Uferpromenade hinweg auf das Wasser, in dem die kleinen Boote bei Flut im Wasser dümpelten und bei Ebbe auf dem Trockenen lagen.

Tomas Silva porträtierte heute in der Tavira de Manhã Simão Mendes, den Geschäftsführer von Tavisal.

Nichts, was Mario sehr interessierte. Spannender fand er den Politikteil. Dort wurde ausführlich über die bevorstehenden Wahlen zum Europäischen Parlament berichtet, die in ziemlich genau drei Monaten stattfinden würden. Sie galten in Portugal als Stimmungsbarometer für die im Oktober anstehende Wahl zur Nationalversammlung. Der in Lissabon regierenden Sozialistischen Partei wurden gute Chancen eingeräumt, ihr Wahlergebnis der Europawahlen von 2014 zu verbessern. Letzte

Umfragen sahen sie bei fünfunddreißig Prozent der Stimmen.

Mario war sich noch nicht sicher, wen er wählen sollte. Erstmals die Partido Socialista oder die CDU, die Coligação Democrática Unitária? Zu dieser „Demokratischen Einheitskoalition" hatten sich Kommunisten und Grüne zusammengeschlossen.

Von der PCP war Mario allerdings nicht mehr sehr begeistert. Unmittelbar nach der Nelkenrevolution war er in die Kommunistische Partei Portugals eingetreten. Vor allem ihre Unterstützung bei dem Kampf der Landarbeiter im Alentejo gegen die Großgrundbesitzer hatte ihm gefallen. Heute störte ihn aber vor allem die ablehnende Haltung der Kommunisten zur Mitgliedschaft Portugals in der Europäischen Union.

Mario war häufiger an der Algarve, vor allem in Tavira. Seit drei Jahren lebte er wieder alleine in Lissabon. Damals war Maria gestorben. Er hatte sie vor fast dreißig Jahren geheiratet und sich um die beiden Kinder Almeira und vor allem Tomas gekümmert. Eigene Kinder hatten sie nicht.

Vor fast zehn Jahren war Mario mit dreiundsechzig Jahren in vorzeitige Rente gegangen. Zuletzt hatte er bei VW-Portugal in Palmela, sechzig Kilometer südlich von Lissabon gearbeitet.

Gesundheitlich ging es ihm mit seinen zweiundsiebzig Jahren noch gut. Die körperlichen Spuren, die die Folter hinterlassen hatte, waren schnell verheilt – im Gegensatz zu den seelischen. Deshalb wollte er Antonio Rosario unbedingt finden. Er sollte für seine Taten büßen, vor allem für den Mord an Fernandez Silva.

Die Sonne ging langsam unter und es wurde kühler.

„Pagar, por favor!" Mario schaute sich nach der Bedienung um.

Ein weißer BMW fuhr langsam die Uferpromenade entlang und hielt direkt vor der Paderia. Ein großgewachsener Mann stieg aus. Nur an seiner Glatze konnte man erkennen, dass er schon älter war.

Der Mann sah sich um.

Mario konnte direkt in sein Gesicht blicken.

Er hätte am liebsten aufgeschrien, beherrschte sich aber. Er musste sich am Tisch abstützen - so sehr zitterte er. Alle Farbe wich aus seinem braungebrannten Gesicht.

„Tudo bem? Ist alles in Ordnung? Brauchen sie Hilfe?"

Wie durch einen Schleier drang die besorgte Stimme der Bedienung an sein Ohr.

„Obrigado, es geht schon. Ich…, ich sehe nur gerade die Schatten der Vergangenheit. Entschuldigen sie mich bitte."

Mit zitternden Händen kramte Mario einen Fünf-Euroschein aus seiner Hosentasche und drückte ihn der überraschten Bedienung in die Hand. Ohne auf das Wechselgeld zu warten, stand er auf und eilte zu dem Mann, der neben dem BMW stand.

Mario sah ihm ins Gesicht. Er hatte keinen Zweifel. Diese Visage würde er nie im Leben vergessen.

In seinen Ohren brauste es. Er hörte das höhnische Lachen des Mannes, als dieser ihn schlug und er vor Schmerzen schrie und zusammenbrach. Er spürte wieder die heftigen Tritte mit den Armeestiefeln, als er auf dem Boden lag. Und er hörte die Stimme: „Steh auf Du Schwächling! Wer waren deine Komplizen? Namen! Ich will Namen!"

Mario atmete tief durch.

„Antonio Rosario! Antonio Rosario? Erkennen sie mich? Ich habe die Folter überlebt, mein Freund Fernandez nicht!"

Afonso Rodrigues wich einen Schritt zurück. Kurz war Überraschung in seinem Gesicht zu erkennen. Schnell bekam er aber seine Mimik wieder in den Griff.

„Wer sind sie? Was wollen sie von mir? Ich kenne sie nicht!"

„Sie kennen mich nicht? Denken sie einmal fünfundvierzig Jahre zurück. Haben sie vergessen, was sie und ihre Kameraden da gemacht haben? Im Gefängnis von Caxias? Sie waren der Anführer von denen. Antonio Rosario von der PIDE."

„Ich weiß nicht, wovon sie reden. Ich heiße nicht Antonio Rosario. Ich heiße Afonso Rodrigues. Lassen sie mich sofort in Ruhe, sonst..."

„Sie wollen mir drohen? Ich werde sie nicht in Ruhe lassen. Solange, bis sie ihre gerechte Strafe für ihre Taten bekommen haben. Das schwöre ich ihnen."

„Ein letztes Mal! Es reicht mir jetzt! Verschwinden sie!"

Afonso Rodrigues stieg in sein Auto, knallte die Tür zu und brauste davon.

Mario blieb wie angewurzelt stehen.

Nach einer Weile überquerte er die Straße und ließ sich auf einer Bank nieder.

Ihm fiel es schwer sich zu beruhigen. Er hatte keinen Zweifel.

Der Mann, der gerade vor ihm gestanden hatte, war Antonio Rosario. Fast fünfundvierzig Jahre lang hatte er ihn gesucht.

Und jetzt hatte er ihn endlich gefunden.

Mario Garcez zog sein Handy aus der Tasche.

Er musste dringend telefonicrcn.

8. März 2019

36

„Gesteh doch endlich, dass du Afonso Rodrigues umgebracht hast! Du ersparst uns damit eine Menge Zeit und Ärger! Und dir auch!"

Paulo runzelte die Stirn, als Antonio Teixeira das kleine Vernehmungszimmer der Polizeistation in Tavira betrat und Duarte Ferreira anschrie.

Ricardo starrte seine frisch polierten Schuhe an.

Duarte Ferreira rutschte unruhig auf seinem Stuhl hin und her. Er war unrasiert und sah übernächtigt aus. Er hatte kaum ein Auge auf der harten Pritsche zugetan. Nicht, dass es seine erste Nacht im Gefängnis war. Und es war auch nicht seine erste Vernehmung. Aber heute ging es um Mord.

„Ich habe es ihren beiden Mitarbeitern doch schon gesagt. Ich bin unschuldig. Ich habe Afonso nicht umgebracht."

„Und wie kommt die Tatwaffe dann in deine Hände? Und warum hast du uns angelogen? Du kanntest Afonso Rodrigues doch sehr gut und hast dich oft mit ihm getroffen. Durftest du auch mal ein Filmchen mit seinen Geliebten drehen? Und du wusstest, dass Afonso Rodrigues Antonio Rosario war! Hast du ihn erpresst? Warum bist du in sein Haus eingebrochen - zwei Tage nachdem du ihn erstochen hast? Beinahe hättest du seine Frau auch noch umgebracht. Was wolltest du da – mitten in der Nacht?"

Ferreira schüttelte nur den Kopf und schwieg.

Paulo übernahm wieder die Vernehmung. Mit der Methode seines Chefs kamen sie nicht weiter.

„Jetzt fangen wir noch mal ganz von vorne an: Afonso Rodrigues war dein Chef bei der Geheimpolizei. Ihr habt Menschen verhaftet, verhört und gefoltert. Vermutlich sind manche dabei sogar ums Leben gekommen. Dann kam die Nelkenrevolution und dein Chef musste untertauchen. Du hast ihm dabei geholfen und ihm einen neuen Pass ausgestellt. Mit sowas kennst du dich ja aus. Jahre später hast du dann zufällig mitbekommen, dass Antonio Rosario als Afonso Rodrigues ein sehr erfolgreicher Geschäftsmann geworden ist. Ganz in deiner Nähe. Da wolltest du etwas von dem Kuchen abhaben."

„Und warum sollte ich dann meine Milchkuh umbringen?", entgegnete Ferreira.

„Weil die Milchkuh nicht mehr zahlen wollte. Willst du uns eigentlich für blöd verkaufen? Jetzt pack endlich aus", blaffte Teixeira ihn erneut an.

Er knallte seine Hand so heftig auf den Tisch, dass alle im Vernehmungszimmer aufschreckten.

Missbilligend blickte er auf Isabel, die in das Vernehmungszimmer gekommen war und Paulo etwas ins Ohr flüsterte.

„Frau Gomes hat mir gerade mitgeteilt, dass bei der Durchsuchung deines Apartments eine große

Menge Bargeld gefunden wurde, so um die 12.000 Euro. Wo kommen die denn her? Und erzähl uns bitte nicht wieder das Märchen von der Erbschaft oder dass du das Geld gespart hast. Noch etwas: Afonso Rodrigues hat in den letzten Jahren jeweils im Februar und August 20.000 Euro von seinem Konto abgehoben, nur in diesem Jahr nicht. Wollte er nicht mehr zahlen? Habt ihr euch deshalb in der Nacht zum 4. März auf dem Tavisal-Gelände getroffen? Es kam zum Streit und zum Kampf und dann hast du ihn mit dem Anglermesser erstochen."

„Hör auf zu leugnen. Wir haben Zeugen, die deinen schönen Mercedes in der Nacht vor dem Tavisal-Gelände gesehen haben."

Ricardos Bluff zeigte Wirkung.

Duarte sackte auf dem unbequemen Stuhl zusammen.

„Ja, ich war da. Und ich habe Afonso auch erpresst. Das Geld konnte ich gut gebrauchen. Und er hatte doch genug davon. Aber ich habe ihn nicht umgebracht. Da muss mir jemand zuvorgekommen sein. Wir wollten uns in der Nacht um ein Uhr treffen. Aber als ich ankam, lag Afonso schon tot im Graben."

„Das sollen wir dir glauben? Hör auf uns Märchen zu erzählen. Jetzt spuck endlich die ganze Wahrheit aus, du Mörder!"

Erneut griff Teixeira in die Vernehmung ein.

Paulo schüttelte den Kopf. Die Ausbrüche seines Chefs gefielen ihm nicht.

„Jetzt schildere uns bitte einmal ganz genau, was in der Nacht geschehen ist. Wie kommst du darauf, dass noch jemand am Tatort war? Und woher hattest du das Messer?"

„Und warum wolltet ihr euch treffen?", ergänzte Ricardo.

„Ich wollte mehr als die 20.000 Euro. Mit dem Verkauf des Tavisal-Geländes würde der doch in Geld schwimmen."

„Und da wolltest du mitverdienen?"

Duarte Ferreira sah Ricardo an und nickte.

„Rodrigues wollte aber nicht zahlen. Nicht einmal mehr die 20.000 Euro. Da wollte ich ihn zur Rede stellen und den Druck ein wenig erhöhen."

„Mit den Pornoaufnahmen?"

Ferreira nickte erneut.

„Aber als ich auf der Zufahrt zu dem Gelände ankam, sah ich wie ein Mann weglief. Ich bin dann zum vereinbarten Treffpunkt und habe Afonso im Graben am Eingangstor liegen sehen. Er hat nicht mehr geatmet. In der Nähe lag sein Anglermesser. Das habe ich dann mitgenommen. Ich dachte, dass es mir noch etwas einbringen könnte, wenn ich den Mörder finden würde."

„Einmal Erpresser, immer Erpresser", höhnte Teixeira. „Und? Hast du den Mann schon ausfindig gemacht?"

„Nein, leider noch nicht."

„Wie sah er denn aus, der große Unbekannte?", setzte Paulos Chef nach.

„Ich habe ihn nicht sehr gut erkennen können. Er war ein ganzes Stück entfernt von mir. Er war so mittelgroß."

Teixeira schüttelte den Kopf.

„Herzlichen Glückwunsch! Das ist ja eine ganz detaillierte Personenbeschreibung. Dann wissen wir ja endlich, wer der Mörder ist!"

Abrupt beugte er sich vor und schrie Ferreira unvermittelt an: „Ich...habe...deine...Märchen...satt! Führt ihn ab!"

„Halt...Da war noch was. Jetzt fällt es mir ein."

Ferreira war sichtlich eingeschüchtert.

„Der Mann humpelte etwas."

„Jetzt reicht es mir endgültig! Hier glaubt dir keiner mehr! Du hast ein Motiv! Du warst am Tatort! Wir haben die Tatwaffe bei dir gefunden! Das reicht zweimal für eine Verurteilung wegen Mordes aus Habgier!"

Teixeira war zufrieden. Er sah sich schon in Lissabon oder in Den Haag bei Europol.

„Paulo, wir machen heute noch eine Pressekonferenz und geben bekannt, dass wir den äußerst komplizierten Fall nach nur fünf Tagen gelöst haben. Ich werde meine Sekretärin gleich bitten, für dreizehn Uhr den großen Konferenzraum in Faro zu reservieren. Schließlich ist der Fall ja auf ein überregionales Interesse gestoßen. Erledigt bitte noch die Formalitäten mit dem da. Ich werde jetzt gleich die Pressekonferenz vorbereiten und meine Vorgesetzten in Lissabon direkt informieren. Wir sehen uns dann in Faro. Até breve!"

Paulo, Ricardo und Isabel sahen sich an. Isabel äußerte sich als Erste.

„Ich bin nicht überzeugt davon, dass Duarte Ferreira wirklich der Mörder ist."

„Du glaubst also an den großen Unbekannten? Es spricht doch alles gegen Duarte. Da hat Teixeira schon recht", wandte Ricardo ein.

„Ferreira ist sicherlich ein Krimineller und keine Zierde für die Menschheit. Aber ein Mörder?"

Auch Paulo hatte Zweifel.

„Andererseits spricht alles gegen ihn. Und ihr habt unseren Chef gehört. Der Fall ist geklärt. Herzlichen Glückwunsch zur erfolgreichen Arbeit!"

13. März 2019

37

Es war schon viertel nach eins. Paulo sah ungeduldig auf seine Uhr. Um eins hatte er sich mit Aurelia zum Mittagessen verabredet. Aber seine Tochter war immer noch nicht da.

„Sei nicht so ungeduldig. Du hast doch frei und genügend Zeit", schimpfte er mit sich selbst.

Paulo blickte sich im Speisesaal um. Er war zum ersten Mal im Casa do Alentejo, im Haus des Alentejos.

Der „Sala Velez Conchinhas", der größere und schönere der beiden Restauranträume, befand sich im ersten Stock des Palácio Alverca, auch Antigo Palácio Paes do Amaral genannt. Das Gebäude war Ende des 17. Jahrhunderts gebaut worden und gehörte der Familie Paes do Amaral. Im Laufe der Zeit diente es einer Oberschule als Heimat und wurde sogar als Möbellager missbraucht. 1919 wurden die Innenräume umgestaltet und der Majestic Club, eines der ersten Casinos Lissabons, feierte hier seine Eröffnung. Jetzt war der Palácio Alverca die Heimat des Alentejo in Lissabon.

Paulo hatte den unscheinbaren Eingang in der Rua das Portas de Santo Antão fast übersehen. Umso überraschter war er dann, als er in einen prächtigen maurischen Innenhof trat.

„Olá Pai!" Der Kommissar hatte die schönen Azulejos an den Wänden so intensiv betrachtet, dass er gar nicht bemerkte, dass seine Tochter neben ihm am Tisch stand.

Sie küsste ihn zur Begrüßung auf die linke und rechte Wange und strahlte ihn an.

„Gefällt es dir?"

Aurelia hatte das Casa do Alentejo für ein Mittagessen vorgeschlagen. Die gute regionale Küche und das Ambiente waren bei vielen Lissabonnern sehr beliebt. Aber auch immer mehr Touristen entdeckten das Haus und das gute Essen.

„Desculpe! Entschuldige bitte meine Verspätung, aber wir hatten noch ein wichtiges Treffen mit Regierungsvertretern zu dem Peniche-Projekt. Ich hatte dir doch berichtet, dass es nun endlich vorangeht mit der nationalen Erinnerungsstätte."

Seine Tochter setzte sich ihm gegenüber.

„Hast du schon gewählt?"

Ohne eine Antwort ihres Vaters abzuwarten und ohne in die Karte zu sehen fuhr sie fort: „Also ich empfehle als Vorspeise: „Selecção de Enchidos e Queijos Regionais" - Wurst und Käse aus der Region. Und danach „Arroz de Bacalhau com Pimentos" - Bacalhau-Reis mit Paprika. Köstlich, sage ich dir. Und dazu trinken wir eine schöne Flasche Vinho Branco aus dem Alentejo. Zur Feier des Tages und darauf, dass mein toller Papa den Mordfall so schnell gelöst hat. Ich bin so froh, dich endlich einmal wieder zu sehen. Und dann bleibst du sogar zwei Tage."

Paulo lächelte. Er freute sich ebenso. Nachdem der Fall Rodrigues gelöst war, hatte er sich zwei Tage frei genommen und war mit dem Intercidades, dem Intercity, in gut dreieinhalb Stunden von Faro nach Lissabon gefahren, um seine Tochter zu besuchen.

„Saúde!" Aurelia prostete ihrem Vater zu.

„Herzlichen Glückwunsch, dass ihr den Mörder gefasst habt. Die Zeitungen sind ja voll des Lobes über eure Arbeit. Auch wenn ich finde, dass du etwas zu kurz kommst. Dein Chef hat doch gar nicht viel zur Aufklärung beigetragen. Aber das ist doch egal. Der will ja noch was werden. Im Gegensatz zu dir. Du kannst dich ja so langsam auf deinen Ruhestand vorbereiten. Dann kannst du mich auch häufiger besuchen."

Wie immer hatte Paulo einige Mühe, den Redefluss seiner Tochter zu stoppen.

„Ja, es ist schön, mit dir hier zu sein. Aber weißt du, ich bin gar nicht so sicher, ob wir wirklich den Richtigen als Mörder verhaftet haben."

Er sah in das überraschte Gesicht von Aurelia.

„Ja, ich weiß. Es passt vieles. Das Motiv, die Tatwaffe. Und Ferreira war zur Tatzeit am Tatort. Trotzdem traue ich ihm einen Mord nicht so recht zu. Aber was solls. Teixeira hat den Fall abgeschlossen. Vielen Dank noch mal für deine Hilfe. Du hast uns ja schließlich auf die Spur von Ferreira gebracht."

Der Kellner brachte das Hauptgericht und sie widmeten sich beide dem Arroz de Bacalhau.

„Köstlich. Der Wein ist auch sehr gut – wirklich ein guter Tipp von dir. Aurelia, erzähl doch mal, wie es dir geht."

„Gleich, ich habe große Neuigkeiten. Aber erst nochmal zu deinem Fall: Ich habe auch noch etwas weiter recherchiert, was diesen Antonio Rosario und seine Geheimpolizeileute angeht. Es hat mich einfach nicht mehr losgelassen. Das waren schon richtig üble und brutale Leute."

„Was meinst du damit? Was hast du herausgefunden?"

„Ich weiß ja nicht, ob das für euren Fall überhaupt wichtig ist. Außerdem habt ihr ja den Mörder. Aber wenn du noch Zweifel hast. Also Antonio Rosario und seine Leute haben die Gegner des Estado Novo ja nicht nur verhaftet, sondern in Caxias auch verhört."

„Das heißt gefoltert", warf Paulo ein.

„Genau. Und die Methoden waren wirklich brutal. Tagelang Schlafentzug. Heftige Schläge. Stundenlanges Stillstehen. Und dabei ist nur drei Tage vor der Nelkenrevolution einer ihrer Häftlinge ums Leben gekommen."

„Deshalb musste Antonio Rosario wohl untertauchen. Bei Mord oder Totschlag wäre er wahrscheinlich nicht mit dem Entzug seiner Wahlrechte oder einer kurzen Gefängnisstrafe davongekommen, wie so viele andere. Aber wer bringt ihn deshalb Jahre danach noch um? Weißt du denn, wie der in Caxias Gestorbene hieß? Und wurde er alleine verhaftet?"

„Sie waren insgesamt zu dritt. Die Geheimpolizei beschuldigte sie, einen Bombenanschlag auf die Salazarbrücke vorbereitet zu haben. Sie hießen Bruno, Mario und Fernandez. Bruno war der Anführer, ist aber schon 1979 gestorben. Fernandez ist derjenige, der an der Folter gestorben ist: mit siebenundzwanzig Jahren. Und der dritte – Mario - lebt wohl noch. Der war ein Jahr älter als Fernandez."

„Dann ist der heute also zweiundsiebzig oder dreiundsiebzig Jahre alt. Späte Rache? Schon möglich."

Der Kellner brachte die Nachspeise und den Kaffee. Aurelia hatte „Mousse de dois chocolate" - Mousse der zwei Schokoladen ausgewählt.

„Wirklich ein tolles Essen, Aurelia, vielen Dank für die Auswahl. Sag mal, wie hießen die drei noch mal mit vollständigem Namen?"

„Bruno Vicente, Mario Garcez und Fernandez Silva. Aber, jetzt lass uns mal über etwas anderes reden. Ich habe noch eine tolle Neuigkeit für Dich Papa."

„Da bin ich aber gespannt."

Aurelia machte eine kurze Pause. Dann sagte sie mit strahlendem Gesicht:

„Pai. Du wirst Opa. Ich bin schwanger."

Paulo verschlug es zunächst die Sprache. Ihm traten vor Freude die Tränen in die Augen.

„Oh ist das schön! Ich freue mich so sehr! Herzlichen Glückwunsch!"

14. März 2019

38

„Was willst du von mir? Lass mich in Ruhe!"

Tomas Silva blaffte den alten Mann an, der ihm seine faltige Hand auf die Schulter gelegt hatte.

Mario Garcez ließ sich aber nicht einschüchtern.

„Wir müssen reden, Tomas."

„Ich wüsste nicht über was!"

Der Lokalchef der Tavira de Manhã schob unwirsch die Hand beiseite und wollte über den Praça da República verschwinden.

„Du gehst nicht ans Telefon, reagierst nicht auf meine SMS. Was ist bloß los mit dir?"

Mario Garcez folgte ihm.

„Was ist in der Nacht auf den 4. März wirklich passiert?"

Tomas blieb abrupt stehen.

„Das musst du doch wissen. Liest du die Tavira de Manhã nicht? Ich habe dort ausführlich über den Mord geschrieben. Der Täter ist gefasst. Manchmal gibt es eben doch Gerechtigkeit. Die beiden Todesvögel Salazars haben Jahrzehnte später ihre Strafe erhalten. Der eine ist tot, der andere sitzt im Gefängnis. Und ich werde zum 45. Jahrestag der Nelkenrevolution in der Tavira de Manhã öffentlich machen, dass der Immobilienmakler Afonso Rodrigues ein PIDE-Mörder war."

„Genau darüber müssen wir reden. Lass uns etwas essen. Was hältst du vom Casa do Simão?"

Tomas schüttelte den Kopf.

„Ich habe keinen großen Hunger. Außerdem... Um diese Zeit sind wir dort nicht ungestört. Die Pastelaria Tavirense ist in der Nähe. Da können wir eine Kleinigkeit essen und in Ruhe reden", lenkte Tomas ein.

Mario Garcez war seit Jahren ein väterlicher Freund für ihn. Seit er sechzehn war, lebte Mario mit seiner Mutter Maria zusammen. Erst damals hatte Tomas die schmerzhafte Wahrheit über seinen Vater Fernandez erfahren. Dass er zusammen mit Mario von der Geheimpolizei festgenommen worden war, als sie den Anschlag auf die Salazarbrücke planten. Mario hatte die Torturen von Caxias überlebt. Sein Vater nicht.

Tomas war seitdem versessen darauf, den Mörder seines Vaters zu finden. Mario unterstützte ihn bei der Suche. Jahrelang erfolglos. Doch vor zwei Wochen hatte Mario tatsächlich Antonio Rosario in Santa Luzia wiedererkannt. Der reine Zufall. Er hatte Tomas sofort darüber informiert. Jetzt fragte er sich allerdings, ob das nicht ein Fehler gewesen war.

Tomas und Mario gingen schweigend durch die Rua Alexandre Herculano zur Pastelaria Tavirense.

Sie setzten sich an einen der kleinen weißen Plastiktische, die vor der Pastelaria auf dem Bürgersteig standen.

Mario bestellte einen Salada de Atum, einen Thunfischsalat, und Tomas eine Sopa da Dia. Heute war die Tagessuppe eine klassische Fischsuppe. Dazu bestellten beide ein Imperial - ein kleines Bier vom Fass.

„Ich glaube nicht, dass Duarte seinen alten Kumpel Antonio umgebracht hat", brach Mario Garcez schließlich das Schweigen.

„Warum nicht? Er hatte das Messer, mit dem Afonso umgebracht wurde und wollte es verschwinden lassen. Und selbst wenn er es nicht war. Es ist gut, dass er im Gefängnis sitzt."

„Auch für einen Mord, den er nicht begangen hat?"

„Schon vergessen, Mario? Er war dabei, als mein Vater umgebracht wurde. Du weißt doch, was sie mit euch und tausend anderen in Caxias gemacht haben. Dafür müssen sie alle büßen."

Die Bedienung brachte das Bier, den Salat und die Suppe.

Mario und Tomas aßen schweigend.

„Ja, das stimmt. Und ich bin der letzte, der das nicht möchte. Viele von diesen Verbrechern sind ungeschoren davongekommen. Viel zu früh wurde wieder zur Tagesordnung übergegangen. Die wenigsten Schuldigen wurden bestraft. Das fing doch mit den Großen an. Caetano und Präsident Tomás wurden nach Madeira ausgeflogen und von dort ging es dann weiter ins angenehme brasilianische Exil. Nie wurde ihnen der Prozess gemacht. Aber trotzdem: Wir dürfen keine Selbstjustiz üben. Wären wir dann besser als die Schergen Salazars?"

Tomas starrte in seine Suppe.

„Was hast du eigentlich gemacht, als ich dir gesagt habe, dass ich Antonio Rosario gefunden habe? Unbehelligt als erfolgreicher Geschäftsmann in Santa Luzia lebend. Gewissermaßen Tür an Tür mit dir - der Mörder deines Vaters."

Tomas trank sein Bier aus und bestellte zwei Neue. Er sah Mario an und senkte die Stimme, obwohl niemand an den Tischen um sie herum saß.

„Ich wollte ihn zur Rede stellen. Und dann wollte ich ihn anzeigen. Es war ein Unglück. Ich wollte ihn nicht umbringen."

Mario hatte diese Antwort befürchtet. Er hatte nie geglaubt, dass Duarte Ferreira der Mörder war. Und die Sorge hatte ihn nicht losgelassen, dass Tomas mit dem Tod von Antonio etwas zu tun haben könnte.

„Was genau ist passiert?"

„Ich war mit meinem Fahrrad auf dem Weg vom Casa de Pasto Justo nach Hause. Da fuhr Rodrigues mit seinem BMW an mir vorbei und bog zum Tavisal-Gelände ab. Ich war neugierig. Schließlich bin ich ja Journalist und wollte sehen, was er da mitten in der Nacht zu suchen hat."

„Und du wolltest mit ihm reden, ihn mit der Vergangenheit konfrontieren?"

„Ja, das wollte ich. Also bin ich ihm gefolgt. Er stand ganz alleine am Eingang zum Gelände und schaute sich um. So als ob er jemanden erwartet."

„Und dann?"

„Moment. Warte mal einen Augenblick."

Tomas sah den jungen Mann an, der vor seinem Tisch stand - begleitet von einer hübschen blonden jungen Dame.

„Boa tarde, Ricardo. Schön, sie zu sehen. Genießen sie einen freien Tag in netter Begleitung? Den haben sie sich ja auch verdient, nachdem sie den Mord so rasch aufgeklärt haben."

„Ja, unser ganzes Team hat heute frei. Der Chef ist in Lissabon. Vielen Dank für ihren freundlichen Zeitungsartikel nach der Festnahme von Duarte Ferreira. Es ist auch einmal schön, wenn man für seine Arbeit gelobt wird. Und mit ihrer Feststellung, dass wir unterbesetzt sind, haben sie völlig recht."

„Na, ich hoffe, dass sich daran bald etwas ändert. Bom dia!"

Ricardo nickte, legte den Arm um die blonde Frau und schlenderte weiter.

„Was passierte dann?", nahm Mario den Gesprächsfaden wieder auf.

„Ich habe Afonso angesprochen. Ich habe ihm gesagt, dass ich seine Vergangenheit kenne und dass er meinen Vater zu Tode gefoltert hat."

„Und? Wie hat er reagiert?"

„Er hat es nicht einmal abgestritten. Er hat nur dreckig gelacht. Und er hat meinen Vater verhöhnt, als „Träumer" und „Weichling". Andere hätten die Verhöre ja auch überlebt. Und wenn er gestanden und Namen genannt hätte, wäre er noch am Leben. So ein Schwein. Er hat mir gedroht: Wenn ich nur ein Wort davon in der Zeitung schreiben würde, wäre ich ein toter Mann, genau wie mein Vater. Da bin ich auf ihn los und habe mein Knie in seine Eier gerammt. Plötzlich hatte er ein Messer in der Hand. Wir haben gekämpft und da ist es heruntergefallen."

„Du hast es aufgehoben und dann zugestochen?"

Tomas nickte.

„Ich war außer mir vor Wut. Nachdem ich gemerkt hatte, was ich getan habe, habe ich das Messer weggeworfen und bin abgehauen."

„Warum hast du dich nicht gestellt?"

„Und dann? Die hätten mich doch ins Gefängnis gesteckt. Was wäre dann mit meiner Familie und wem hätte das denn genützt? Dass der Kerl tot ist, ist doch gut. Verdient hat er es auf jeden Fall."

„Das mag ja sein, Tomas. Und ich kann dich auch gut verstehen. Was meinst du, wie oft ich nachts schreiend aufgewacht bin von schrecklichen Alpträumen gequält. Wie oft habe ich all den PIDE-Bestien den qualvollsten Tod gewünscht. Aber trotzdem: Wir dürfen keine Selbstjustiz üben!"

Tomas sah ihn nachdenklich an.

„Wirst du mich verraten?"

„Nein, das werde ich nicht."

Mario stand auf und legte seine Hand auf Tomas Schulter. Diesmal wich er nicht zurück.

„Du bist wie ein Sohn für mich. Du musst selbst entscheiden, ob du dich der Verantwortung stellst oder ob du damit leben kannst, dass ein Mensch für eine Tat ins Gefängnis geht, die er nicht begangen hat."

„Ich werde es mir überlegen, Mario."

Tomas legte einen Zehn-Euroschein auf den Tisch, stand auf und verschwand in Richtung Praça da República.

15. März 2019

39

Paulo wollte gerade verzweifelt aufgeben. Da entdeckte er doch noch einen freien Parkplatz in der Rua da Misericòrdia. Ganz in der Nähe vom „Arco da Vila", dem Torbogen aus dem 19. Jahrhundert, durch den man in die historische Altstadt von Faro bummeln konnte.

Die Altstadt mit der Kathedrale, dem Bischofspalast und den Stadtmauern aus dem 17. Jahrhundert war einen Besuch wert. Dennoch hielt sich die Zahl der Touristen in Grenzen. Zwar landeten täglich tausende Passagiere auf dem Aeroporte de Faro, dem „Tor zur Algarve". Doch die meisten fuhren gleich weiter an die Westalgarve zu den großen Hotels und den Stränden mit den bizarren Felsformationen.

Das Gebäude der Diretoria do Sul, der Direktion Süd der Polícia Judiciária lag in der Rua do Município, nur wenige Schritte vom „Arco da Vila" entfernt.

Paulo ging durch den Torbogen und sah auf seine Uhr. Viertel nach neun. Ihm blieben noch etwa fünfzehn Minuten. Um halb zehn hatte er den Termin bei seinem Chef Antonio Teixerra. Er war nicht sonderlich optimistisch, dass er ihn noch überzeugen konnte. Aber er musste diesen letzten Versuch unternehmen. Seine Eltern hatten ihm beigebracht, dass man für seine Überzeugungen eintreten muss, auch wenn es nicht bequem ist. Und sie hatten ihm ein tiefes Gerechtigkeitsempfinden vermittelt. Deshalb war er zur Polizei gegangen.

Das Gespräch mit seiner Tochter hatte seine Zweifel noch verstärkt. Deshalb hatte er gleich nach dem Essen mit Aurelia in Faro angerufen und einen Termin mit seinem Chef vereinbart.

Pünktlich um halb zehn betrat Paulo das alte Haus, in dem die Diretoria do Sul untergebracht war. Er stieg die Treppe in den ersten Stock hinauf und ging zum Büro von Antonio Teixeira.

Eigentlich sollten er und sein Team auch in der Rua do Município ihre Schreibtische haben. Aber es gab bei weitem nicht genügend Räume für alle Mitarbeiter. Denn die Diretoria do Sul war verantwortlich für Kriminalfälle an der gesamten Algarve von Sagres im äußersten Westen bis Vila Real de Santo António an der Grenze zu Spanien. Dazu kam noch der südliche Alentejo. Paulo hatte gerne den Vorschlag angenommen, mit seinem Team Büros in der Polizeistation von Tavira zu beziehen.

„Bom dia, Senhor Carvalho. Gehen sie gerne schon durch. Senhor Teixeira wartet auf sie. Möchten sie einen Kaffee?"

Paulo nickte und betrat das Büro seines Chefs. Auch wenn er schon häufiger hier gewesen war, beeindruckte ihn immer wieder die Größe und Ausstattung. Links vom Eingang befand sich der große Besprechungstisch aus massivem Eichenholz.

Gegenüber thronte Teixeira hinter seinem Schreibtisch. Dahinter hing ein Bild von Staatspräsident Marcelo Rebelo de Sousa, eingerahmt von Flaggen Portugals, der Europäischen Union und der Polícia Judiciária.

Im Vergleich zu seinem vorherigen Besuchen war der Schreibtisch nahezu leer. Nur einige wenige Akten lagen säuberlich sortiert neben dem Computerbildschirm.

„ Ah, bom dia Paulo. Ich freue mich sehr, sie zu sehen!"

Teixeira erhob sich aus seinem Schreibtischstuhl und deutete auf den Besprechungstisch.

„Nehmen sie doch Platz mein Lieber. Meine Mitarbeiterin bringt uns gleich Kaffee. Ich hörte, sie haben ihre Tochter in Lissabon besucht. Ich hoffe, es geht ihr gut."

„Ja, es war schön, sie wieder einmal zu sehen und es geht ihr gut!"

Paulo setzte sich. Der Kaffee wurde serviert.

„Bitte bedanken sie sich noch einmal ausdrücklich bei ihren engagierten Mitarbeitern für die Arbeit. Das war wirklich ein großer Erfolg für die Polícia Judiciária. Die Zeitungen sind ja voll des Lobes. Und auch Lissabon hat die rasche Aufklärung des Falls Rodrigues erfreut zur Kenntnis genommen. Anfang dieser Woche hat mich Innenminister Eduardo Cabrita höchstpersönlich angerufen und sich für die gute Arbeit bedankt. Geben sie das bitte gerne an ihr Team weiter."

Teixeira nahm einen Schluck Kaffee.

„Sie wollten mich sprechen? Was haben sie auf dem Herzen, lieber Paulo? Um es gleich vorwegzunehmen: Wenn es um zusätzliches Personal für ihr Team geht: Darum werde ich mich noch selbst kümmern."

Teixeira hielt kurz inne.

"Solange ich noch in Faro bin. Das wird aber nicht ganz einfach werden. Sie haben ja gezeigt, dass sie auch zu dritt erfolgreich sind."

Paulos Chef schmunzelte.

„Muito obrigado. Vielen Dank. Eine personelle Verstärkung wäre wirklich sehr hilfreich. Aber deshalb bin ich gar nicht hier. Es geht mir noch einmal um die Festnahme von Duarte Ferreira."

Teixeiras Miene verfinsterte sich schlagartig.

„Was wollen sie denn noch? Herr Ferreira ist eindeutig überführt. Was haben sie denn für einen Narren an diesem Kerl gefressen?"

Paulo erläuterte seine Bedenken und berichtete von den Recherchen seiner Tochter.

„Ich bitte sie, Herr Carvalho. Sie meinen also, dass dieser Mario Garcez, ein über siebzigjähriger alter Mann oder Tomas Silva, der angesehene Chef der Lokalredaktion von Tavira de Manhã, Afonso Rodrigues umgebracht haben? Aus Rache für angebliche Taten, die mehr als vierzig Jahre zurückliegen? Das ist doch lächerlich. Sie haben keinerlei Beweise dafür. Ich verstehe sie nicht! Warum stellen sie ihren eigenen Erfolg in Frage?"

„Herr Teixeira, unsere Pflicht ist es doch, eine Tat zweifelsfrei aufzuklären. Natürlich deutet sehr viel auf Duarte Ferreira als Täter hin. Aber war er es wirklich? Ich habe Zweifel daran. Ich bitte sie deshalb nur darum, den Fall noch nicht endgültig abzuschließen. Ich möchte gerne noch Herrn Garcez und Herrn Silva befragen. Wenn sich dabei nichts ergibt, ist der Fall auch für mich erledigt. Ich werde..."

„Nichts werden sie mehr tun. Der Fall ist abgeschlossen. In Kürze wird Anklage gegen Duarte Ferreira erhoben. Weder sie noch jemand anderes aus ihrem Team werden weiter ermitteln. Ich hoffe, ich habe mich klar genug ausgedrückt. Und jetzt habe ich noch zu tun. Até à próxima, auf Wiedersehen Herr Carvalho."

40

Isabel und Ricardo blickten sich verwundert an. So niedergeschlagen hatten sie ihren Chef noch nie gesehen.

Paulo hatte die beiden nach seiner Rückkehr aus Faro gleich zu einem Gespräch in sein Büro gerufen. Nachdem er Isabel gebeten hatte, die Tür zu schließen, berichtete er von seiner Abfuhr bei Teixeira.

„Die Ansage war eindeutig. Wir dürfen uns nicht mehr um diesen Fall kümmern."

„Aber du willst trotzdem weiter ermitteln?", entfuhr es Isabel.

„Ja, das möchte ich! Ich muss Gewissheit haben und will deshalb jeder Spur nachgehen. Ich will noch mehr über Mario Garcez wissen. Was hat er in der Zeit nach der Nelkenrevolution gemacht? Wusste er, dass Afonso Rodrigues Antonio Rosario war? Welche Verbindung gibt es zu Tomas Silva? Erinnert ihr euch an unsere Teambesprechung im Casa de Pasto Justo? Da saß Tomas doch mit einem alten Mann zusammen. Vielleicht war das ja Mario Garcez? Und was ist mit Tomas selbst? Als ich ihn am Tag nach dem Mord getroffen habe, humpelte er etwas. Genau das hat Duarte Ferreira auch über den Mann gesagt, den er angeblich vom Tatort weglaufen sah. Bei den Verhören von Antonio Rosario ist ein Mann an den Folterungen gestorben: Fernandez Silva. Tomas Silva könnte der Sohn von Fernandez Silva sein."

„Entschuldige Paulo, aber das ist doch sehr spekulativ. Die Namensgleichheit kann reiner Zufall sein. Du weißt doch, dass Silva der häufigste Nachname in Portugal ist", warf Ricardo ein.

„Aber möglich ist es schon. Warum interessiert sich Tomas so sehr dafür, was aus den Tätern der Salazar-Diktatur geworden ist? Und warum nur wollte er uns so vehement davon überzeugen, dass Simão Mendes der Täter ist?", widersprach Isabel.

„Ricardo, Isabel: Ich werde die Ermittlungen nicht beenden. Ich mache das auch alleine. Ihr müsst mich nicht unterstützen!"

„Doch, das tue ich auf jeden Fall!", sagte Isabel ohne zu Zögern.

Ricardo rutschte auf seinem Stuhl hin und her.

„Ich würde dir ja gerne helfen, Paulo. Aber ich habe einen Flug nach Porto gebucht. Ich möchte endlich mal wieder meine Familie sehen. Morgen soll es losgehen."

„Gut, dann viel Spaß Ricardo. Isabel, bleibst du bitte noch einmal hier."

Ricardo stand auf und wollte gerade gehen, als es an der Tür klopfte.

„Entrada", rief Paulo.

Die Tür öffnete sich langsam.

Paulo, Ricardo und Isabel blickten überrascht auf den Besucher.

"Tomas, was machst du denn hier?"

Tomas Silva blieb vor den Dreien stehen und sah Paulo an.

Er wirkte angespannt, und er zögerte einen Augenblick. Dann sagte er mit fester Stimme:

„Paulo. Ich möchte ein Geständnis ablegen!"

25. April 2019

41

Paulo war völlig außer Atem. Er war das letzte Stück über die Ponte Romana gelaufen. Dennoch schaffte er es nicht, rechtzeitig auf dem Praça da República anzukommen. Sein alter Renault war erst nach mehrmaligen Versuchen angesprungen. Vielleicht sollte er sich doch endlich einmal einen neuen Wagen leisten.

Gut einhundert Menschen hatten sich auf dem Platz versammelt, um an den 45. Jahrestag der Nelkenrevolution zu erinnern.

Der sozialistische Bürgermeister von Tavira, Jorge Botelho, hatte seine Eröffnungsrede gerade beendet. Aber wegen dieser Rede war Paulo auch nicht gekommen. Er wollte den Festvortrag seiner Tochter Aurelia hören, die die Stadt Tavira eingeladen hatte.

Paulo knöpfte sich seine abgewetzte Jacke zu. Es war kühl an diesem Donnerstag in Tavira – genauso kühl wie an diesem Tag vor 45 Jahren in Lissabon.

An den Fahnenmasten des Rathauses waren Flaggen gehisst: die der Europäischen Union, die Nationalflagge Portugals und die des Kreises und der Stadt Tavira. An den schmiedeeisernen Balkonen waren große rote Nelken aus Plastik befestigt.

Paulo blickte zum Rednerpult. Als er seine Tochter sah, wischte er sich verstohlen zwei Tränen aus den Augen. Wenn man es wusste und wenn man genau hinsah, konnte man schon erkennen, dass sie schwanger war.

Paulo gefiel die Rede Aurelias. Besonders weil sie einen Bogen spannte, von dem Leben der Portugiesen vor der Nelkenrevolution zu den heutigen Lebensbedingungen in Portugal. Sie endete mit einem Zitat des Politikers und Historikers Fernando Rosas, der wegen seiner Überzeugungen im Estado Novo Salazars mehrfach verhaftet, gefoltert und zu Gefängnisstrafen verurteilt worden war:

„Wir leben in einem freien Land, und nur diejenigen, die nie erfahren haben, was es bedeutet, lange Jahre - oder ein ganzes Leben - in einer Nicht-Demokratie verbracht zu haben, können dieses Privileg als formal oder vernachlässigbar betrachten."

Paulo nickte zustimmend. Er wollte gerade zum Rednerpult gehen, um seine Tochter zu begrüßen. Da rief jemand seinen Namen.

„Senhor Carvalho, Comissário Carvalho, darf ich sie kurz sprechen?"

Paulo drehte sich um.

„Boa tarde, erkennen sie mich? Mario Garcez, der Freund von Tomas Silva."

„Ja, ich weiß, wer sie sind. Boa tarde, Senhor Garcez. Was haben sie auf dem Herzen?"

„Ich,...ich mache mir Vorwürfe. Ich bin doch schuld daran, dass Tomas Silva jetzt ins Gefängnis muss. Hätte ich Tomas nicht darüber informiert, dass Afonso Rodrigues der Mörder seines Vaters ist, hätte er ihn nicht umgebracht. Und hätte ich ihn nicht überredet, sich zu stellen, wäre er vielleicht nie gefasst worden, und er wäre ein freier Mann."

„Herr Garcez, glauben sie mir, wir hätten ihn gefasst. Ich war mir sicher, dass er der Täter war. Haben sie die heutige Ausgabe der Tavira de Manhâ schon gelesen?"

Mario Garcez schüttelte den Kopf.

„Dann kommen sie bitte einmal mit."

Paulo ging mit Mario Garcez zur Banca de Jornais, zum Zeitungskiosk am Rande des Praça da República. Er kaufte eine Tavira de Manhâ. Es war das letzte Exemplar.

„Sehen sie hier. Der Herausgeber von Tavira de Manhâ hat heute einen langen Artikel von Tomas Silva über die Täter in der Salazar-Zeit veröffentlicht. Er beschreibt auch die Taten von Antonio Rosario alias Afonso Rodrigues. Wegen dieses Mannes hat Tomas seinen Vater nie richtig kennen gelernt. Und wegen dieses Mannes hatte er eine sehr schwere Kindheit und Jugend. Und er beklagt, dass viel zu viele dieser Menschen ungestraft davongekommen sind. Schauen sie mal auf das En-de des Artikels."

„*Dies alles darf kein Grund dafür sein, dass wir persönliche Rache über das Gesetz stellen. Bei allen Defiziten und Fehlern, die es in unserem Staat und in unserer Justiz gab und gibt. Es ist ein Fundament unseres Zusammenlebens, dass nicht der einzelne das Recht in die Hand nimmt, urteilt und straft. Dies ist einzig und allein die Aufgabe des Rechtsstaates. Deshalb stelle ich mich meiner Verantwortung. Ich danke vor allem Mario Garcez für seine väterliche Freundschaft auch in dieser für mich schwierigen Situation. "*

Mario schluckte.

„Behalten sie die Zeitung."

„Was meinen sie? Wie viele Jahre wird Tomas im Gefängnis sitzen müssen? Und was ist mit diesem Duarte Ferreira?"

„Die erste Frage kann ich ihnen leider nicht beantworten. Helfen wird natürlich, dass Tomas sich selbst gestellt hat. Und helfen wird sicherlich auch, dass man Tomas nicht unbedingt eine Mordabsicht unterstellen kann. Der tödliche Messerstich ist ja beim Kampf der beiden Männer geschehen. Tomas sollte sich einen guten Anwalt nehmen. Was Duarte Ferreira betrifft: Der ist sofort freigelassen worden. Und wegen seiner Taten vor mehr als fünfundvierzig Jahren kann man ihn heute leider nicht mehr belangen."

„Das ist sehr schade", entgegnete Mario Garcez enttäuscht. „Trotzdem danke ich ihnen sehr für das Gespräch. Adeus!"

Paulo schaute Mario Garcez nachdenklich hinterher.

Als er sich umdrehte, sah er das Isabel auf ihn zukam.

„Olá Isabel, was machst du denn hier?"

„Ich wollte mir die Rede deiner Tochter anhören. Wir hatten ja in den letzten Wochen viel damit zu tun."

„Und? Hat sie dir gefallen?"

„Sim. Besonders der Schluss. Paulo, ich wollte dich noch etwas fragen."

Paulo hatte gleich gemerkt, dass Isabel etwas auf dem Herzen hatte und nickte.

„Was möchtest du denn wissen?"

„Es gibt Gerüchte, dass du vorzeitig in Rente gehen möchtest. Stimmt das?"

Paulo runzelte die Stirn. Die Polícia Judiciária war eine einzige Klatschbörse.

"Ja, ich hatte das wirklich überlegt."

„Warum?"

„Weißt du Isabel, wenn bei der Polícia Judiciária Führungskräfte ihre eigene Karriere über unsere Aufgabe stellen, Verbrechen aufzuklären und die Täter der Justiz zu übergeben, dann ist das nicht mehr meine Polizei."

„Du meinst Teixeira?"

Paulo nickte. „Aber zumindest ist seine Beförderung nach Den Haag ja rückgängig gemacht worden."

„Das bedeutet, du machst weiter?"

Paulo nickte erneut.

„Paulo, du weißt gar nicht, wie sehr ich mich darüber freue."

„Vielen Dank – und ich habe auch noch eine gute Nachricht. Wir bekommen personelle Verstärkung.

Es hat sich jemand bei mir gemeldet, der die freie Stelle gerne besetzen würde."

„Wer ist es denn? Kenne ich ihn?"

„Lucinho Martins, unser Polizeizeichner hat sich beworben. Er würde gerne einmal etwas anderes machen und zu uns ins Team kommen. Wie findest du das?"

Paulo brauchte die Antwort gar nicht abzuwarten.

Das strahlende Gesicht von Isabel sagte alles.

Zu guter Letzt - Danksagung

Portugiesische Nelken: Handlung und Personen sind frei erfunden. Nicht erfunden sind aber die historischen Begebenheiten vor, während und nach der Nelkenrevolution. Auch José Manuel Barroso als Parteiführer einer maoistischen Partei vor der Nelkenrevolution gab es wirklich. Später wurde der dann konservative Politiker Ministerpräsident Portugals und EU-Kommissionspräsident.

Erfunden ist allerdings der geplante Anschlag auf die Salazar-Brücke, die viele Leser sicherlich als Ponte de 25 Abril – Brücke des 25. Aprils kennen.

Real sind die Orte, an denen sich der Kriminalfall und dessen Aufklärung abspielen. Dazu gehören auch die beschriebenen Restaurants, deren Besuch ich aus eigenen Erfahrungen nur empfehlen kann. Und auch das Museum „Aljube – Resistência e Liberdade" in Lissabon ist einen Besuch wert.

Dem aufmerksamen Leser und der aufmerksamen Leserin wird es aufgefallen sein: Auf das Gendern habe ich verzichtet. Der Text sollte gut und flüssig lesbar sein, Political Correctness wurde daher zurückgestellt und hiermit wird versichert, dass bei der männlichen Pluralform immer die weibliche Form gleichberechtigt mitgedacht ist.

Ohne die Unterstützung und die Hinweise vieler Menschen hätte ich meinen ersten Kriminalroman nicht schreiben können. Mein besonderer Dank gilt Heinrich Krobbach aus Frankfurt, der mein Projekt von Anfang bis Ende kritisch begleitet und zahlreiche Tipps gegeben hat. Dank auch an meine Frau Elke Endres, die ebenfalls mit zahlreichen Anmerkungen und Kommentaren zur Verbesserung des Manuskripts beigetragen hat.

Danken für die Hinweise und das Korrekturlesen möchte ich Dieter Devantié aus Wattenscheid und Martin Ringat aus Flintbek/Schleswig-Holstein.

Bei der Recherche haben mich insbesondere Matthias Köhne und Ines Koenen aus Berlin-Pankow unterstützt. Wichtige Details haben Jürgen Riegner aus Düsseldorf und Ana Isabel Biscaia aus Tavira beigetragen. Auch dafür vielen Dank.

Ich hoffe, sie haben als Leserin oder als Leser ein paar schöne und spannende Stunden mit meinem Erstlingswerk verbracht und ich konnte ihnen Portugal und seine jüngste Geschichte etwas näherbringen.

Wenn sie Anmerkungen, Kritik und Vorschläge haben, schreiben sie mir gerne:

martin.tretbar-endres@gmx.de.